辣炒年糕
떡볶이
とっぽっぎ

韓服
한복
はんぼぐ

偷吃步
這樣學超快！
會日語就會韓語

何宣儀、MAO／合著

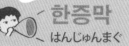
汗蒸幕
한증막
はんじゅんまぐ

化妝品
화장품
ふぁじゃんぷむ

多少錢？
얼마예요？
おるまえよ

全智賢
전지현
ちょんじひょん

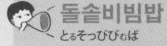
石鍋拌飯
돌솥비빔밥
とるそっびびむば

100位日文系學生、自學者一致推薦

　　在哈韓風四起的同時，坊間也出現了許多韓語教科書，從零起點開始一步一步教發音或文法，而本書的宗旨是希望哈韓的朋友們可以在最短的時間內帶著本書就能做基本的溝通，可以自己買東西、簡單說幾句話來介紹自己交朋友。

　　在本書的構思階段，我們特地募集了100位自願的受試者，這些熱情的學習者有各大專院校日文系的學生與自修者，他們都依照作者編寫的這本「偷吃步，這樣學超快！會日語就會韓語」語言學習書在家自修。我們從中挑選出13位受試者的學習心得與大家分享。來自各地的不同聲音，都非常支持「用日語來學習韓語」的學習方式，而各種建議都成為作者編寫本書的最佳參考；當然其中更有原本就學過韓語的讀者來信詢問關於以日文學習韓語的可能性……在這裡將為你一一解答。

　　就讓我們一同分享這13位學習者的親身體驗吧！

簡聖文
（育達技術學院日文系）

　　透過這本書我了解到，韓文與日文在文法上幾乎是相同的。這讓我學習起來更輕鬆、快速。此外，書中的韓文發音

是以日語標音，這比起其他以中文或英文標音的書發音更為準確。之前在日本，看到有關韓文學習書時，心中就想：台灣怎麼沒出這種書呢？現在終於有了，這對懂日文、又想學韓文的人來說，真的是一大福音呢！

陳怡真
（政治大學東方語文學系日語組畢業／資策會資訊情報中心顧問服務組 日本協同研究員）

用日語學韓文是相當棒的一個概念！兩者不但在語法上相似，很多發音更是雷同，對初學一個語言來講，有日文基礎的人來學韓文真的是一兼二顧、摸蛤蜊兼洗褲，可以確認基礎日文的認知是否無誤，同時又可以學習第二種語言。特別是韓國在消費性電子產品、線上遊戲、科技工業日漸壯大，未來韓文的需求度相信是只增不減，同時會日韓文兩種語言必定是找工作時的利器，所以很推薦這本書給大家！

柯淑燕
（家管，日文學習經驗兩年）

這本書介紹的韓文都是很生活化、很實用的，特別是針對食物及服飾的介紹，非常詳盡。下次去韓國玩，買衣服的時候就可以和老闆好好殺價一番，不怕再被當呆胞騙；又可以依自己的喜好點菜，品嚐韓劇中的主角吃的平民美食，想像著故事中的情節，浪漫一下……

孫子綾

（自由文字工作者，學習日文五年）

　　到韓國旅遊時，對於韓文的圈圈叉叉能夠變成一種文字覺得相當有趣，卻又覺得韓文字是種「外星文字」，看了老半天卻搞不懂到底在說什麼。曾試圖從市面上的語言書尋找韓語教材，卻發現「即使自學就能上手」的韓文學習書卻是寥寥無幾。《會日語就會韓語》剛好滿足了廣大哈韓者的需求，簡單明瞭的發音學習加上之前的日文文法基礎，讓我更快速地進入韓文的領域，掌握韓語的運用。

陳詩婷

（淡江大學日文系三年級）

　　學習日文已經好幾年了，現在接觸到韓文，雖然還算不上初級程度，但可以明顯感覺到韓文其實跟日文有些類似，像是在文法組句的部分，韓文跟日文的主詞與動詞的排列順序感覺上是相當類似的，就文法的學習上已經輕鬆了不少。但最基本的，還是要先搞清楚韓文每個字的寫法，畢竟這跟之前學過的英文、日文，甚至是中文字都不太一樣。但相信有了日文的基礎，要學習韓文可說是事半功倍！

黃楊菁
（立命館アジア太平洋大学四年級）

　　我有很多韓國朋友，不過彼此間都是以日語或英語交談。許多韓國朋友總是向我秀中文，當然，為了增進彼此的友誼，於是我也東一句西一句的向他們學韓文囉！像是肚子餓的고파요、討厭的싫어……等等，不過總是僅止於同輩間的對話，對比較不熟的朋友或是長輩就不夠禮貌了。而且，沒有系統的學習讓我不知道如何變化應用。《會日語就會韓語》對我來說真是太實用了！

　　既簡單又清楚的文法解析，日文對照著日文看，一下就記起來了！書中的日文輔助發音，就算忘了韓文的發音，也可以很標準的唸出來，因為大部分的音，用日文都可以拼得很標準，而像是ㄹ等日文沒有的音，會中文或英文就沒問題啦！這本真的很適合像我這樣，沒有耐心紮紮實實打基楚，又急著讓會話趕快上手的人。

方儒
（日文自修，檢定一級及格）

　　學日文的時候感覺最困難的是文法的不同，中文是吃飯（動詞＋名詞），而日文是飯吃（名詞＋動詞）。韓文與日文類似的表現法是相同的，所以會日文之後，學習韓文就更快了！另外，韓文與日文就語彙來說，很多的漢字語源是

相同的，例如中文的「散步」，日文是「散策」，而韓文讀音則為「산책」，雖然說韓文已經不用漢字了，但是經由日文，更容易聯想及記憶韓文。

張孝靖
（世新大學日文系二年級）

這本書提供的流行資訊十分實用，也看得出作者的用心！原本日、韓兩國在語言學上就同屬於黏著語系，此語系的特點在於其「用言」（會有詞類變化的詞類，如動詞）的語尾變化十分複雜，所以建議知識工場往後可以出版類似教科書的教材，以句型為主、本文為輔的方式來編排，方便學過日文的人延伸已經熟悉的學習方式，如此可以減低韓語帶來的陌生感，幫大家去除學習阻礙！

洪昱睿
（應用日語系畢，日本研究所肄業）

我本身已學了十年日語，韓語則是自大一起就斷斷續續地自修。還滿能接受以日語的文法排列或「語順」來解釋韓語的構造，因為日語與韓語的文法於本質上可說是相當的接近，因此有日文基礎的人在學習基礎韓語時，會有加分效果。不過因為韓語較日語更為複雜，所以建議大家如果想要繼續進修韓語，可以試著回歸到以「韓語學韓語」，如此可以避免學習上的疏漏或是發音不正確。

樂大維

（台灣師範大學推廣部華語講師）

　　最近韓劇在台灣非常流行，連我也迷上韓劇，開始學韓文了。日文系畢業的我，目前擔任華語老師，在教授華語的過程中，發現日本人學華語發音的時候，通常不費吹灰之力，就把注音符號的「ㄨ」記起來了。這是因為日語裡也有相近的發音，所以如果兩種語言的相似度高的話，對學習有很大的幫助。

　　看了《會日語就會韓語》後，不僅印證了我的想法，更發現日語跟韓語的語法根本是如出一轍，只要背好單字，想要講一口流利的韓語，簡直易如反掌。本來覺得韓語圈圈叉叉的符號看起來很奇怪，但書中配合日語的輔助發音，讓我也漸漸地能夠觸類旁通，豁然開朗，掌握發音的要訣。對熟悉日語的人來說，原來學韓語這麼容易！

蕭凤芬

（日本拓殖大學語言學校畢業／南台科技大學日文系在學中）

　　到過日本留學兩年的我覺得日文的發音較韓文簡單多了，韓文雖沒有規定標準語調，但要去模仿韓國人說話時的高低音調對我們來說是有一點困難。其中更有許多連音與音變規則，建議大家要跟著CD花點時間模仿，才能說得好。另外，兩個語言的語順相仿，差異在於韓文的語尾變化比日

文複雜。此外，也建議大家，如果希望能夠閱讀文章的話，一定要花時間背熟單字。

　　在學習過程中收穫滿多的。每個語言都有其特色，某些方面，韓文表達比日文細膩，某些方面日文又比韓文來的複雜。籠統地說哪一個簡單或困難，都非常見仁見智。但是又因為日文跟韓文確實有很多相似之處，若是下過苦工先熟練其中一種之後再去學習另一語言，一定會比別人事半功倍！

Rika
（熱情的文字工作者，現任灣岸航空空服員）

　　韓文，似乎沒那麼難耶！由於會日文的關係，讓我在學習韓文上輕鬆了許多。只有一開始的字母音標上吃力了點，其實花點時間背熟了，什麼字都會唸了！感覺很有成就感，再加上韓文的基本文法與日文文法幾乎相同，在學習過程中，似乎只要熟記單字即可！真的是事半功倍，真的是日韓兩種語言太相近，Rika深深覺得只要學會其中一種，就等於多學了另一種語言，在學習上沒有太大的負擔唷！

黃建彰
（韓語學習經驗半年）

我本身有半年的韓語學習經驗，參加了「會日語就會韓語學習課程」之後，覺得這本書的創意很棒，但是從我學習韓語的角度，想要請教：1.本書選擇用日文50音的平假名來標注的用意是？ 2.韓語當中有許多發音變化，在實際替換使用的過程中，會不會產生困難？ 3.這本書中都沒有出現韓文的漢字，這樣好嗎？

謝謝參與「會日語就會韓語學習課程」的100位讀者，也更感謝以上13位參加者提供的學習心得與建議，現在針對幾位讀者提出的疑問做說明：

這本書利用日文來對照韓文文法的目的一方面當然是因為文法相似，對於已經會日文的朋友來說是一大福音，在對比文法的同時，我們也用日文50音來標注韓語。

為什麼這樣呢？我們都知道，不可能有一種語言可以完全拼湊出另一種語言的發音，除非是國際音標，不過國際音標對多數人來說還得重新學習，然而日文假名比起中文更能表現韓語，而且標法簡便，算是我們一種新的嘗試；就如同日本也出版許多學習中文的書，都用假名來標注中文一樣，這只是輔助性記憶，正確發音還是要從CD裡學習。

　　日本出版的外語學習書如要用假名注音的話，通常用「片假名」，但是我們於本書選用「平假名」來取代「片假名」，是為了符合台灣學習者的習慣，台灣大部分的讀者（包括初學者）對於平假名都比較熟悉，碰到不熟悉的片假名常常得思索一下發音為何，在速學速用的效率上就顯得不彰了。

　　韓語中有許多發音變化，由於本書為便利讀者速學速用，所以直接將替換單字時所可能產生的連音現象等，直接標示進去；文法說明也針對各單元所需化繁為簡。至於韓文中的漢字問題，因為韓國文化的一部分也是源自於中國，他們的確以前也有漢字，不過由於韓國當局希望創立完全屬於自己的文化，所以漢字都以韓文字來代替。因此現在不論在韓國的街道、書本、報紙、菜單……等等日常生活上是看不到漢字的，當然韓文中很多發音跟中文相似，這時，即使沒有標出漢字，您一定也能很快發現「咦？這個詞跟中文很像！」因此，我們還是用最日常生活化的韓文字標示方式呈現給讀者。

　　最後，補充說明一下，韓國跟日本都是很重視輩分階級的民族，因此說話時區分為普通、禮貌與尊禮貌用語，其中禮貌用語是最廣泛使用的，用禮貌語可以讓對方聽起來親切舒服，不致因過禮貌而產生距離感，而又能兼顧禮儀，因此本書會話句皆以禮貌型表現。

為什麼從日文來學韓語？

　　曾到日本或韓國留學的人一定會發覺，怎麼韓國的留學生學日語特別快，或是日本留學生學韓語好像都不用花什麼功夫呢？原因就在於韓語與日語有極相似的文法結構。

　　學過日文的人都知道，日語裡的助詞是個麻煩的東西，去哪裡、對象是誰、吃什麼東西都有不同的助詞，而這些助詞的位置與概念，日、韓極為相同。又比如說，日文有所謂的「過去式」「進行式（持續進行的狀態）」，韓文也有；日語的動詞、形容詞等由語幹、語尾組成，其中語尾會因後面所接的助動詞等而有所變化，這是中文語彙裡完全沒有的部分，也是初學日文者要突破的一大難關，然而習慣了日文的語尾變化之後，對於學韓文，可以說是輕而易舉！

　　因此初學韓文的人，可能要面對「添意詞尾」、「受格助詞」等陌生又難以理解的專業術語，但對學過日文的朋友來說，只需一句話就能點醒，學文法不用大費周章。為此知識工場編輯部特別為對韓語有興趣的讀者，研究出「會日語就會韓語」的學習方法，利用簡單的日文文法導出韓語結構，一比對就懂，捨棄繁瑣的文法解釋。另外本書精選生活旅遊實用句的內容，去韓國玩馬上可以派上用場。

　　本書的兩位作者，一位是政大韓語系畢業後赴韓國延世大學進修，並已通過韓語教師資格認證的台灣女生何宣儀；一位是對韓語教育有資深經歷且對韓國文化有滿腔熱血的道地日本人MAO。希望透過她們的分析與努力，讓已經有日文底子的讀者們都能事半功倍地「一起哈韓」！

　　告訴大家最關鍵又最有用的一句話：日文、韓文有幾乎一樣的語順，如果你已經會日文了，當你學會了韓語的單字後，只要用和日文一樣的順序來說話，八九不離十，你已經說出漂亮的韓語了！

如果不會日語也可以用這本書！

　　這本書對你而言就像一台簡單的旅遊語音翻譯機。每一章針對不同的需求有不同的句型，每個句型有許多的詞可以代換，你可以依自己的情況找出適合的詞套進去用，配合CD學發音，如果真的來不及背好就要出國的話，那你就將書一起帶去吧，用手指一指也能通喔！

本書使用技巧

1. 文法句型欄
2. 中文標示利於搜尋
3. 日文句型引導觀念
4. 類推至韓文句型
5. 日語假名模擬韓語發音

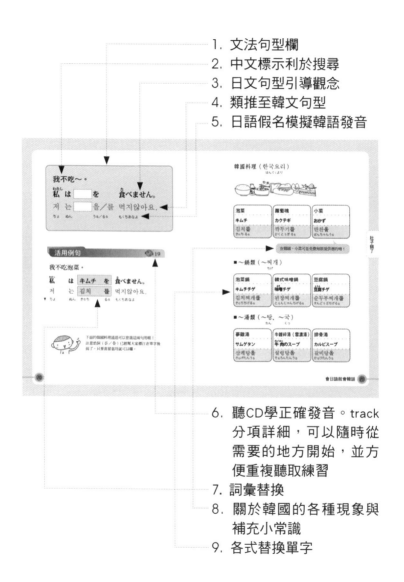

6. 聽CD學正確發音。track 分項詳細,可以隨時從 需要的地方開始,並方 便重複聽取練習
7. 詞彙替換
8. 關於韓國的各種現象與 補充小常識
9. 各式替換單字

目錄

從這些日語句型中
可以學到韓語唷！

14

如果你忘了日語基本五十音的話也不用擔心喔，因為我們幫你準備好了50音表，讓你複習一下五十音怎麼唸！

日語五十音羅馬拼音對照表

清音

あ	ア	い	イ	う	ウ	え	エ	お	オ
a		i		u		e		o	
か	カ	き	キ	く	ク	け	ケ	こ	コ
ka		ki		ku		ke		ko	
さ	サ	し	シ	す	ス	せ	セ	そ	ソ
sa		shi		su		se		so	
た	タ	ち	チ	つ	ツ	て	テ	と	ト
ta		chi		tsu		te		to	
な	ナ	に	ニ	ぬ	ヌ	ね	ネ	の	ノ
na		ni		nu		ne		no	
は	ハ	ひ	ヒ	ふ	フ	へ	ヘ	ほ	ホ
ha		hi		hu		he		ho	
ま	マ	み	ミ	む	ム	め	メ	も	モ
ma		mi		mu		me		mo	
や	ヤ			ゆ	ユ			よ	ヨ
ya				yu				yo	
ら	ラ	り	リ	る	ル	れ	レ	ろ	ロ
ra		ri		ru		re		ro	
わ	ワ			を	ヲ			ん	ン
wa				o				n	

濁音

が	ガ	ぎ	ギ	ぐ	グ	げ	ゲ	ご	ゴ
ga		gi		gu		ge		go	
ざ	ザ	じ	ジ	ず	ズ	ぜ	ゼ	ぞ	ゾ
za		ji		zu		ze		zo	
だ	ダ	ぢ	ヂ	づ	ヅ	で	デ	ど	ド
da		ji		zu		de		do	
ば	バ	び	ビ	ぶ	ブ	べ	ベ	ぼ	ボ
ba		bi		bu		be		bo	

半濁音

ぱ	パ	ぴ	ピ	ぷ	プ	ぺ	ペ	ぽ	ポ
pa		pi		pu		pe		po	

拗音

きゃ	キャ	きゅ	キュ	きょ	キョ
kya		kyu		kyo	
ぎゃ	ギャ	ぎゅ	ギュ	ぎょ	ギョ
gya		gyu		gyo	
しゃ	シャ	しゅ	シュ	しょ	ショ
sha		shu		sho	
じゃ	ジャ	じゅ	ジュ	じょ	ジョ
ja		ju		jo	
ちゃ	チャ	ちゅ	チュ	ちょ	チョ
cha		chu		cho	
にゃ	ニャ	にゅ	ニュ	にょ	ニョ
nya		nyu		nyo	

ひゃ	ヒュ	ひゅ	ヒャ	ひょ	ヒョ
hya		hyu		hyo	
びゃ	ビャ	びゅ	ビュ	びょ	ビョ
bya		byu		byo	
ぴゃ	ピャ	ぴゅ	ピュ	ぴょ	ピョ
pya		pyu		pyo	
みゃ	ミャ	みゅ	ミュ	みょ	ミョ
mya		myu		myo	
りゃ	リャ	りゅ	リュ	りょ	リョ
rya		ryu		ryo	

日文與韓文最相似的部分就是文法了，不但「語順」相同，而且很多「助詞」、「時態」的概念都是一樣的。比如說，

✓　「我吃飯」日文的語順是「我 飯 吃」，韓文也是；

✓　「我是學生」日文句末必須有個斷定的「です」，韓文也是；

✓　日文中很重要的助詞如：「は」、「が」、「を」、「に」、「で」……等，與中文非常不同，也是日語學習者的一大困擾，而韓文這一點就跟日文非常像，若用日語的角度去看的話可完全不費吹灰之力；

✓　中文並沒有明確的過去式，而日文與韓文都有；

✓　懂日文的人都知道日文的動詞、形容詞等都有變化形，因為他們是由「語幹＋語尾」所組成，「語尾」會隨狀況而變化，韓文亦是如此，這種語尾變化的概念也是中文所沒有的；

✓　日文的許多名詞後面加上「する」就變成動詞了，韓文也有許多這類型名詞；

　　等等綜合以上諸點，是不是發覺懂日文的人學起韓文應該更輕鬆容易呢！

看看韓文日文哪裡相同

　　大韓國迷的日本女生Mao說：「韓文與日文的『語順』幾乎完全相同。雖然不能說是100%，但是一般說來只要將韓語單字記起來，按照日文順序排列的話，就能變成漂亮的韓文啦！」

韓文語順 ⇒ 日文助詞

1. （我是學生。）

私 は 学生 です。

저 는 학생 이에요.
ちょ ぬん はくせん いえよ

2. （我正在學韓語。）

私 は 韓国語 を 勉強 しています。

저 는 한국어 를 공부 하고있어요.
ちょ ぬん はんぐご るる こんぶ はごいっそよ

3. （我正在大學裡學日語。）

私 は 大学 で 日本語 を 勉強しています。

저 는 대학 에서 일본어 를 공부하고있어요.
ちょ ぬん てはきょ えそ いるぼの るる こんぶはごいっそよ

日文的格助詞「は」⇒ 는／은
ぬん　うん

與日語助詞「は」對應的韓文助詞有는和은，之所以會有兩種形式，主要是牽涉到前面那個主詞（名詞）字尾的字母是否有收尾子音，有收尾子音的用은，沒有的用는。

1. （那個人是中國人。）

あの 人 は 中国人 です。
<ruby>人<rt>ひと</rt></ruby>　　　<ruby>中国人<rt>ちゅうごくじん</rt></ruby>

저 사람 은 중국사람 이에요.
ちょ　さらむん　　ちゅんぐくさらみ　　えよ

람的收尾子音（最下面的那個音）為ㅁ

---

2. （我是台灣人。）

私 は 台湾人 です。
<ruby>私<rt>わたし</rt></ruby>　<ruby>台湾人<rt>たいわんじん</rt></ruby>

저 는 대만사람 이에요.
ちょ　ぬん　てまんさらみ　　えよ

저沒有收尾子音

나：僕・あたし
저：わたくし・私（나的謙讓語）
대만：台湾
미국：アメリカ
사람：人

3. （我是美國人。）

僕 は アメリカ人 です。
<ruby>僕<rt>ぼく</rt></ruby>　　　　<ruby>人<rt>じん</rt></ruby>

나 는 미국사람 이에요.
な　ぬん　みぐくさらみ　　えよ

나沒有收尾子音

日文的格助詞「が」⇒ 가／이
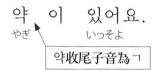

與「が」相對應的韓語助詞一樣有兩種形式，跟前面「は」的
情況相同，看助詞前的那個主詞（名詞）字尾的字母是否有收
尾子音，有收尾子音的用이，沒有的用가。

1.（有藥嗎？）

薬　が　ありますか？
<ruby>薬<rt>くすり</rt></ruby>

약 이 있어요.
야기　いっそよ

> 약收尾子音為ㄱ

2.（哪裡不舒服？）

どこ　が　悪いんですか？
<ruby>悪<rt>わる</rt></ruby>

어디 가 아파요.
おでい　が　あっぱよ

> 디沒有收尾子音

3.（我頭痛。）

頭　が　痛いです。
<ruby>頭<rt>あたま</rt></ruby>　<ruby>痛<rt>いた</rt></ruby>

머리 가 아파요.
もり　が　あっぱよ

> 리沒有收尾子音

日文的助詞「を」⇒ 을／를
うる　るる

韓語受格助詞有兩種形式，看助詞前的那個「受詞（動作的對象）」字尾的字母是否有收尾子音，有收尾子音的用을，沒有的用를。

1.（請給我石鍋拌飯。）

ビビンバ　を　　ください。

비빔밥　　을　주세요.
ぴびんぱぷ　うる　ちゅせよ

밥的收尾子音為 ㅂ

2.（請給我韓式涼麵。）

冷麺　　　を　　お願いします。
れいめん　　　　　ねが

냉면　　을　부탁합니다.
ねんみょん　うる　ぷったかむにだ

면的收尾子音為 ㄴ

（方向、對象的）に／へ⇒에게・한데（用於人類、動物）
えげ　　はんて

에（用於地點、場所）
え

1.（你要去哪裡？）

どこ　へ　行きますか？
　　　　　い

어디　에　가요？
おでぃ　え　かよ

「地點」所以用에

22

2.（我要去東大門。）

東大門　へ　行きます。

동대문　에　가요.

とんでむん　え　かよ

3.（我要打電話給朋友。）

友達　に　電話　を　します。

친구　에게（한테）전화　를　해요.

ちんぐ　えげ　（はんて）ちょな　るる　へよ

對象為「人」所以用에게或한데

名詞＋する＝動詞 ⇒ 名詞＋하다＝動詞
はだ

勉強する	**電話する**	**散歩する**	**食事する**
공부하다	전화하다	산책하다	식사하다
こんぶ はだ	ちょな はだ	さんちぇく はだ	しくさ はだ

1.（我認真念書。）

私は　一生懸命　勉強します。

저는　열심히　공부해요.

ちょぬん　よるしみ　こんぶへよ

2.（我每天散步。）

私は　毎日　散歩します。

저는　매일　산책해요.

ちょぬん　めいる　さんちぇくへよ

いる・ある　（存在）　⇒ 있다
いない・ない（不存在）⇒ 없다

日文表示「存在」的動詞有「いる」（用於人類、動物），跟「ある」（用於植物或其他沒有生命的物品）。

但韓文表示「存在」的動詞「있다」並無此分別，因此人、動植物、無生命物品皆可使用。

存在　　いる・ある　　　　　　：있다　（動詞原型）
　　　　　　　　　　　　　　　　 いった
　　　　います・あります　　　：있어요（禮貌用語）
　　　　　　　　　　　　　　　　 いっそよ
不存在　いない・ない　　　　　：없다　（動詞原型）
　　　　　　　　　　　　　　　　 おぶた
　　　　いません・ありません：없어요（禮貌用語）
　　　　　　　　　　　　　　　　 おぶそよ

人、動植物、無生命物品皆可用

名詞です＝名詞（이）에요

■　原型：類似日語的「常體」，用於親密熟悉的朋友，或喃喃自語時。

～だ　　　　　→ 이다
　　　　　　　　 いだ

～じゃない　　→ 아니다
　　　　　　　　 あにだ

■　禮貌型：類似日語的「です・ます型」，可用於長輩或初識的朋友，是一種常用的表達方式，既親切又不失禮。本書會話皆用此型。（另有補充說明，請見附錄）。

～です（現在）　　　　　　　　　～이에요／～에요
　　　　　　　　　　　　　　　　 いえよ　　　　えよ

～ですか？（現在・疑問）～이에요／～에요　只要加上「？」就是問句了
　　　　　　　　　　　　いえよ？　　えよ？

～じゃありません（現在・否定）～이 아니에요／～가 아니에요
　　　　　　　　　　　　　　　い　あにえよ　　　が　あにえよ

～でした（過去）　　　　　～이었어요／～였어요
　　　　　　　　　　　　いおっそよ　　　よっそよ

～でした？（過去・疑問）～이었어요? ／～였어요?
　　　　　　　　　　　　いおっそよ？　　　よっそよ？

～じゃありませんでした（過去・否定）
　　　　　　　　　　～이 아니었어요／～가 아니었어요
　　　　　　　　　　い　あにおっそよ　　　が　あにおっそよ

■　禮貌用語型：非常禮貌且正式，多用於演講，或廣播、新
　　　聞……等。

～です（現在）　　　　　～입니다
　　　　　　　　　　　　　ㅁにだ

～ですか？（現在・疑問）～입니까?
　　　　　　　　　　　　いㅁにか？

～じゃありません（現在・否定）
　　　　　　　　　　～이 아닙니다／～가 아닙니다
　　　　　　　　　　い　あにㅁにだ　　　が　あにㅁにだ

～でした（過去）　　　　～이었습니다／～였습니다
　　　　　　　　　　　　いおっすㅁにだ　　　よっすㅁにだ

～でした？（過去・疑問）～이었습니까 ? ／～였습니까?
　　　　　　　　　　　　いおっすㅁにか？　　　よっすㅁにか？

～じゃありませんでした（過去・否定）
　　　　　　　　　　～이 아니었습니다／～가 아니었습니다
　　　　　　　　　　い　あにおっすㅁにだ　　　が　あにおっすㅁにだ

二. 讓我們來用五十音說韓語

日文五十音能將韓文發音模擬得很相近，不過就是要注意一下標示方式，比如說**む**或**ぷ**寫得小小（比左右其他的假名更小）時，表示輕輕將雙唇閉上即可，不用將音發得很明顯；**る**寫得小小時，表示需要發成捲舌音；**く**寫得小小時，輕輕地發出「k」的聲音，有點接近日文裡促音（小つ）氣塞的感覺。稍微模擬一下、配合CD很快就能上手囉！

◎ 子音　　1

基本子音（14個）

	羅馬拼音	英文近似音	日文近似音
ㄱ	k/g	key	與か（が）行相似
ㄴ	n	none	與な行相似
ㄷ	t/d	take	與た（だ）行相似
ㄹ	r/l	line	與ら行相似
ㅁ	m	moon	與ま行相似
ㅂ	p/b	police	與ぱ（ぱ）行相似
ㅅ	s	smile	與さ行相似
ㅇ	不發音或當韻尾發ng	song	
ㅈ	j	joy	與ちゃ（や）行相似

ㅊ	ㅈ的氣音	ch	church	邊吐氣邊發「ㅈ」的音
ㅋ	ㄱ的氣音	k	korea	邊吐氣邊發「ㄱ」的音
ㅌ	ㄷ的氣音	t	table	邊吐氣邊發「ㄷ」的音
ㅍ	ㅂ的氣音	p	page	邊吐氣邊發「ㅂ」的音
ㅎ	氣音	h	home	與は行相似

※根據調查，台灣人看日文平假名比片假名來的容易，所以本書以平假名來標注韓文發音，以便於讀者閱讀。

雙子音（5個）

		羅馬拼音	英文近似音
ㄲ	ㄱ的緊音	kk	ski
ㄸ	ㄷ的緊音	tt	stop
ㅃ	ㅂ的緊音	bb	spy
ㅆ	ㅅ的緊音	ss	sick
ㅉ	ㅈ的緊音	jj	pizza

◎ 母音  2

基本母音（10個）

韓文的母音可以單獨發音，但不能單獨出現，必須與子音「ㅇ」搭配出現，而此時的「ㅇ」不發音。

		羅馬拼音	英文近似音	日文近似音
ㅏ	（아）	a	camera	與あ的發音相似
ㅑ	（야）	ya	yahoo	與や的發音相似
ㅓ	（어）	eo	ago	嘴巴張大，發お的音
ㅕ	（여）	yeo	young	嘴巴張大，發よ的音
ㅗ	（오）	o	over	嘴嘟成圓形發お的音
ㅛ	（요）	yo	yo-yo	嘴嘟成圓形發よ的音
ㅜ	（우）	u	moon	與日文う的發音相似
ㅠ	（유）	yu	you	與日文ゆ的發音相似
ㅡ	（으）	eu		嘴形是い，但發う音
ㅣ	（이）	i	bee	與日文い的發音相似

雙母音（11個）

			羅馬拼音	英文近似音
ㅐ ⇒ ㅏ + ㅣ		（애）	ae	air
ㅒ ⇒ ㅑ + ㅣ		（얘）	yae	yes
ㅔ ⇒ ㅓ + ㅣ		（에）	e	every
ㅖ ⇒ ㅕ + ㅣ		（예）	ye	yellow
ㅘ ⇒ ㅗ + ㅏ		（와）	wa	Hawaii
ㅙ ⇒ ㅗ + ㅏ + ㅣ		（왜）	wae	weight
ㅚ ⇒ ㅗ + ㅣ		（외）	oe	way
ㅝ ⇒ ㅜ + ㅓ		（워）	wo	war
ㅞ ⇒ ㅜ + ㅓ + ㅣ		（웨）	we	well
ㅟ ⇒ ㅜ + ㅣ		（위）	wi	we
ㅢ ⇒ ㅡ + ㅣ		（의）	ui	

◎ 韻尾（收尾子音）

韓文跟中文注音很像，由好幾個注音拼成一個字，而最後尾巴的那個音就是收尾子音，也有人稱「終聲」或「韻尾」，接下來我們會看到韓文字母的組合方式。為什麼稱為收尾子音呢？因為這些收尾音都只有子音，前面第一章曾提過，有無收尾子音會造成後面的助詞等有不同的選擇。

收尾子音雖然看起來很多個，但實際上只歸為7種發音，請看！

韻尾字母為「ㄱ、ㄲ、ㅋ、ㄳ、ㄺ」時，　　　都發ㄱ（k）

韻尾字母為「ㄴ、ㄵ、ㄶ」時，　　　　　　　都發ㄴ（n）

韻尾字母為「ㅅ、ㅆ、ㅈ、ㅊ、ㅌ、ㅎ」時，　都發ㄷ（t）

韻尾字母為「ㄹ、ㄼ、ㄽ、ㅀ」時，　　　　　都發ㄹ（l）

韻尾字母為「ㅁ、ㄻ」時，　　　　　　　　　發為ㅁ（m）

韻尾字母為「ㅂ、ㅍ、ㄼ、ㄿ、ㅄ」時，　　　都發ㅂ（p）

韻尾字母為「ㅇ」時，　　　　　　　　　　　就發ㅇ（ng）

其中ㄳ、ㄺ、ㄵ、ㄶ、ㄽ、ㄼ、ㅀ、ㄻ、ㄼ、ㄿ、ㅄ為韓語中的雙韻尾，雖然由兩個字母所組合而成，但卻單單只發一個音，所以要特別注意！

◎ 韓文字母的排列組合

1.

拼音方式是子音配母音，也就是由左→右。

例：가 ⇒ ka   새 ⇒ sae

2.

拼音方式是子音配母音，也就是由上→下。

例：모 ⇒ mo   휴 ⇒ hyu

3.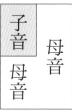

有兩個母音，也就是雙母音，所以就是子音配上雙母音。也就是左上→右下。

例：돼 ⇒ twei　　　쉐 ⇒ swe

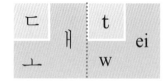　　　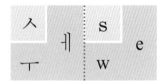

4.

子音配上母音，再配上最下面的子音，也就是上→中→下。

例：눈 ⇒ nun　　　물 ⇒ mur

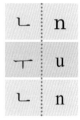　　　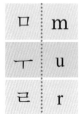

5.

子音	母音
子音	

子音配上右邊的母音，再配上最下面的子音，也就是左→右→下。

例：밥 ⇒ pap

ㅂ	ㅏ	p	a
ㅂ		p	

것 ⇒ keot

請參照韻尾表！

ㄱ	ㅓ	k	eo
ㅅ		t	

6.

子音	母音
子音	子音

子音配上右邊的母音，再配上最下面的兩個子音（雙子音），也就是左→右→下。

例：값 ⇒ kat

ㄱ	ㅏ	k	a
ㅂ	ㅅ		t

닭 ⇒ tak

ㄷ	ㅏ	t	a
ㄹ	ㄱ		k

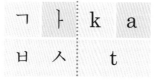

注意!!這裡的韻尾是由兩個子音結合成的。

7.

子音配上右邊的母音（雙母音），再配上最下面的子音，也就是左上→右下→下。

例： 광 ⇒ kwang　　　월 ⇒ wor

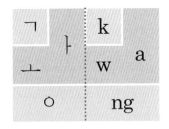　　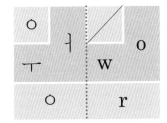

仔細瞧瞧1，2，3（子音＋母音）的組合是一樣的形式，而4，5，6，7（子音＋母音＋子音）的組成也是一樣的形式，只是排列組合不同而已唷！不過最下面子音（收尾子音）的部分要參照第20頁韻尾列表，因為有些子音變成韻尾的時候，發音也跟著變動，得注意！

◎ 韓文字母表 3

子音／母音	ㄱ k/g	ㄴ n	ㄷ t/d	ㄹ r/l	ㅁ m	ㅂ p/b	ㅅ s	ㅇ	ㅈ j	ㅊ ch	ㅋ k	ㅌ t	ㅍ p	ㅎ h
ㅏ a	가 かが	나 な	다 ただ	라 ら	마 ま	바 ぱば	사 さ	아 あ	자 ちぁぢぁ	차 ちぁ	카 か	타 た	파 ぱ	하 は
ㅑ ya	갸 きゃぎゃ	냐 にゃ	댜 ていゃでいゃ	랴 りゃ	먀 みゃ	뱌 ぴゃびゃ	샤 しゃ	야 や	쟈 ちゃぢゃ	챠 ちゃ	캬 きゃ	탸 でいゃ	퍄 ぴゃ	햐 ひゃ
ㅓ eo	거 こご	너 の	더 とど	러 ろ	머 も	버 ぽぼ	서 そ	어 お	저 ちょぢょ	처 ちょ	커 こ	터 と	퍼 ぽ	허 ほ
ㅕ yeo	겨 きょぎょ	녀 にょ	뎌 ていょでいょ	려 りょ	며 みょ	벼 ぴょびょ	셔 しょ	여 よ	져 ちょぢょ	쳐 ちょ	켜 きょ	텨 ていょ	펴 ぴょ	혀 ひょ
ㅗ o	고 こご	노 の	도 とど	로 ろ	모 も	보 ぽぼ	소 そ	오 お	조 ちょぢょ	초 ちょ	코 こ	토 と	포 ぽ	호 ほ
ㅛ yo	교 きょぎょ	뇨 にょ	됴 ていょでいょ	료 りょ	묘 みょ	뵤 ぴょびょ	쇼 しょ	요 よ	죠 ちょぢょ	쵸 ちょ	쿄 きょ	툐 ていょ	표 ぴょ	효 ひょ
ㅜ u	구 くぐ	누 ぬ	두 とぅどぅ	루 る	무 む	부 ぷぶ	수 す	우 う	주 ちゅぢゅ	추 ちゅ	쿠 く	투 とぅ	푸 ぷ	후 ふ
ㅠ yu	규 きゅぎゅ	뉴 にゅ	듀 てゆでゆ	류 りゅ	뮤 みゅ	뷰 ぴゅびゅ	슈 しゅ	유 ゆ	쥬 ちゅぢゅ	츄 ちゅ	큐 きゅ	튜 ていゅ	퓨 ぴゅ	휴 ひゅ
ㅡ eu	그 くぐ	느 ぬ	드 とぅどぅ	르 る	므 む	브 ぷぶ	스 す	으 う	즈 ちゅぢゅ	츠 ちゅ	크 く	트 とぅ	프 ぷ	흐 ふ
ㅣ i	기 きぎ	니 に	디 ていでい	리 り	미 み	비 ぴび	시 し	이 い	지 ちぢ	치 ち	키 き	티 てい	피 ぴ	히 ひ

讓我們來用五十音說韓語

三. 打開話題的第一句

● 你好嗎？ 🎧 4

こんにちは・おはよう・こんばんは

안녕하세요?
あんにょんはせよ

- -

● 初次見面。

はじめまして。

처음 뵙겠습니다.
ちょうむ　ぺっけっつすむにだ

很高興認識你。
会えてうれしいです。

만나서 반갑습니다.
まんなそ　　ぱんがぷすむにだ

- -

● 我是○○。
私の名前は○○です。

제　이름은○○입니다.
ちぇ　いるむん　　　　　いむにだ

請問尊姓大名？
あなたのお名前は？

성함이　어떻게　되세요?
そんはみ　　おっとっけ　とうぇーせよ

36

● 請多多指教。
どうぞ よろしく。
잘 부탁합니다.
_{ちゃーる ぷたっかむにだ}

. . . .

● 好久不見。
お久しぶりです。
오래간만입니다.
_{おれがんまにむにだ}

近來好嗎？
お元気でしたか？
잘 있었어요?
_{ちゃる いっそっそよ}

. . . .

● 是。
はい。
네.
_{ねー}

不（不是）。
いいえ。
아뇨.
_{あーにょ}

. . . .

● 謝謝。

ありがとうございます。

감사합니다.
かむさはむにだ

ありがとうございます。

고맙습니다.
こまぷすむにだ

● 不客氣。

どういたしまして。

천만에요.
ちょんまねよ

● 對不起。

ごめんなさい。

미안합니다.
みあなむにだ

すみません。

죄송합니다.
ちぇーそんはむにだ

● 不好意思。
失礼しました。

실례했습니다.
しるれーへっす _む にだ

> **沒關係。**
> **大丈夫です。**
>
> 괜찮아요.
> く_ぇんちゃなよ

● 再見。（留下來的人跟離開的人說的）
さようなら（去る人に）

안녕히 가세요.
あんにょんひ　かせよ

> **再見。**（離開的人跟留下來的人說的）
> **さようなら。（のこる人に）**
>
> 안녕히 계세요.
> あんにょんひ　けせよ

● 拜拜！
じゃあね！バイバイ！

안녕！
あんにょん

● 辛苦了。

お疲れ様でした。

수고 하셨습니다.
すご　はしょっすむにだ

. . . .

● 請問……。（問路或問事情時起頭用）

すみません、……

실례지만,……
しるれじまん

. . . .

● 今天的天氣真好！

今日 きょう	は	天気 てんき	が	とても	いいですね。

오늘	은	날씨	가	참	좋아요.
おぬるん	ん	なるし	が	ちゃむ	ちょあよ

可替換
▼

좋다（形容詞原型）→ 좋아요（形容詞禮貌型）

以下為了運用方便，都先幫各位變成禮貌型了，只要套進去就可以用囉。

好
よい
좋다 → 좋아요 ちょった　ちょあよ

不好
悪い わる
나쁘다 → 나빠요 なっぷだ　なっぱよ

暖和	熱
<ruby>暖<rt>あたた</rt></ruby>かい	<ruby>暑<rt>あつ</rt></ruby>い
따뜻하다 → 따뜻해요	덥다 → 더워요
たっとうただ　　たっとうてよ	とぷた　　とうぉよ

寒冷
<ruby>寒<rt>さむ</rt></ruby>い
춥다 → 추워요
ちゅぷた　ちゅうぉよ

❤ 二 其他季節相關用語

下雨	下雪
<ruby>雨<rt>あめ</rt></ruby>が<ruby>降<rt>ふ</rt></ruby>る	<ruby>雪<rt>ゆき</rt></ruby>が<ruby>降<rt>ふ</rt></ruby>る
비가	와요. 눈이 와요.
ぴが	わよ　ぬに　わよ

春天	夏天	秋天	冬天
<ruby>春<rt>はる</rt></ruby>	<ruby>夏<rt>なつ</rt></ruby>	<ruby>秋<rt>あき</rt></ruby>	<ruby>冬<rt>ふゆ</rt></ruby>
봄	여름	가을	겨울
ぽむ	よるむ	かうる	きょうる

四. 1, 2, 3, 4 怎麼說？

韓文的數字唸法跟日文一樣分為兩種，韓文分為「漢數詞」及「固有數詞」，就如同日文有「いち、に、さん……」與「ひとつ、ふたつ、みっつ……」之別。

◎ 漢數詞（0～10） 5

	日文	韓文	模擬發音
0	零/ぜろ	영/공	（よん/こん）
1	いち	일	（いる）
2	に	이	（いー）
3	さん	삼	（さむ）
4	し/よん	사	（さー）
5	ご	오	（おー）
6	ろく	육	（ゆく）
7	しち	칠	（ちる）
8	はち	팔	（ぱる）
9	きゅう/く	구	（く）
10	じゅう	십	（しぶ）

韓文的1是일，尾音有捲舌的音，但是韓文的2是이，發音跟中文的1一樣，所以很容易搞混，得留意發音，以免買東西付錢時造成不必要的誤會！

（11～19）

	日文	韓文	模擬發音
11	**じゅういち**	십일	しびる
12	じゅうに	십이	しびー
13	**じゅうさん**	십삼	しぷさむ
14	じゅうし／よん	십사	しぷさー
15	**じゅうご**	십오	しぼー
16	じゅうろく	십육	しむにゅく
17	**じゅうしち**	십칠	しぷちる
18	じゅうはち	십팔	しっぱる
19	**じゅうく**	십구	しぷく

韓文發音注意！
16 寫成십육，但要唸成심뉵（しむにゅく）
106 寫成백육，但要唸成뱅뉵（ぺんにゅく）
1006 寫成천육，但要唸成천뉵（ちょんにゅく）

（20～90）

20	にじゅう	이십	いーしぷ
30	**さんじゅう**	삼십	さむしぷ
40	よんじゅう	사십	さーしぷ
50	**ごじゅう**	오십	おーしぷ
60	ろくじゅう	육십	ゆくしぷ

70	ななじゅう／しちじゅう	칠십	ちるしぷ
80	はちじゅう	팔십	ぱるしぷ
90	きゅうじゅう	구십	くしぷ

（百～兆）

百	百 <small>ひゃく</small>	백	ぺく
千	千 <small>せん</small>	천	ちょん
萬	万 <small>まん</small>	만	まん
億	億 <small>おく</small>	억	おく
兆	兆 <small>ちょう</small>	조	ちょ

韓文發音注意！
10萬寫成십만，但要唸成심만（しんまん）
100萬寫成백만，但要唸成뱅만（べんまん）

例：
30萬寫成삼십만，但要唸成삼심만（さむしんまん）
500萬寫成오백만，但要唸成오뱅만（おべんまん）
……以此類推

韓文的「一百、一千、一萬」跟日文一樣，不用再說
「一」，直接說「百」就代表「一百」；「千」就代表
「一千」，所以「一百」不要說成「일백」，用「백」
就好囉！

100→백（ぺく） 1000→천（ちょん） 10000→만（まん）

◎ 什麼樣的數量單位要使用漢數詞呢？

～年	～月	～日	～分	～秒
～年	～月	～日	～分	～秒
년	년	일	분	초
にょん	うぉる	いる	ぶん	ちょ

～公分（centimeter）		～公斤（kilogram）	
～センチ(メートル)		～キロ(グラム)	
센터미터		킬로그램	
せんてぃみと		きるろぐれむ	

～人份（食物）		～號線（地鐵）	
～人分		～番線	
인분		호선	
いんぶん		ほそん	

～年級	～學期	～歲	～個月	～韓元（錢）
～年生	～学期	～歳	～ヶ月	～ウォン
학년	학기	세	개월	원
はんにょん	はっき	せ	げうぉる	うぉん

1. A： 電話號碼幾號？

<ruby>電話番号<rt>でんわばんごう</rt></ruby> は <ruby>何<rt>なん</rt></ruby><ruby>番<rt>ばん</rt></ruby> ですか？

전화번호 는 몇 번 이에요 ？

ちょなぼの　　ぬん　　みょっぽに　　（い）えよ

B： 02-345-6789。

02　　　**345**　　　**6789**　　　です。

공이　　　삼사오　　　육칠팔구　에요.

こんいー　　さむさーお　　ゆくちるぱるぐ　えよ

- 何（疑問詞，表「幾～」）：몇
- です（か）：에요 或 이에요

  이 必須要看前面所接的名詞是否有收尾子音，有收尾子音的要加上이，即「이에요」。而이的發音為「i」，常會跟前面的字產生連音現象，比如說前面是「n」的話，聽起來就像「ni」，前面是「m」的話，聽起來就像「mi」，所以語調快慢聽起來會略有不同，這是任何語言都有的語音現象。本書用日文假名標注發音時，以聽起來最自然的連音為標注方式，因此此處的이，以括號（い）的方式表達它已和前面的音結合，不再另外發音。之後如遇有相同狀況都省略不再標示。

- 韓語疑問句只要加個「？」就行了，並沒有類似「か」的語尾疑問詞。

2. A： 這個多少錢？

これ　　いくら　ですか？

이것　　얼마　　에요？
いごっ　おるま　えよ

B： 2500韓元。

2千5百ウォン　　です。
にせんごひゃく

이천오백 원　　　이 에요.
いちょんおべっうぉんに　（い）えよ

3. A： 請問你身高多高？

身長　は　**何**センチ　　　ですか？
しんちょう　　なん

키　　는　**몇**센터미터　에요？
き　　ぬん　みょっせんていみと　えよ

B： 我165公分。

私　は　**165**センチメートル　です。
わたし

저　는　**백육십오**센터미터　에요.
ちょ　ぬん　ぺくゆくしぼーせんていみと　　えよ

4. A: 請問你體重多重？

体重 は 何 キログラム ですか？
<small>たいじゅう</small> <small>なん</small>

체중 은 몇 킬로그램 이 에요?
<small>ちぇじゅん うん</small> <small>みょっきろぐれみ</small> <small>（い）えよ</small>

B: 我45公斤。

私 は 45 キロ です。
<small>わたし</small> <small>よんじゅうご</small>

저 는 사십오 킬로그램 이 에요.
<small>ちょ ぬん さーしぼーきろぐれみ</small> <small>（い）えよ</small>

5. A: 現在大學幾年級了？

今、 大学 何 年生 ですか？
<small>いま</small> <small>だいがく</small> <small>なん ねんせい</small>

지금 대학교 몇 학년 이 에요?
<small>ちぐむ てはっきょ</small> <small>みょたんにょに （い）えよ</small>

B: 大學4年級了。

大学 4 年生 です。
<small>だいがく</small> <small>よん</small>

대학교 사 학년 이 에요.
<small>てはっきょ さーはんにょに （い）えよ</small>

6. 歐巴桑，請給我兩人份的銅盤烤肉。

おばさん、焼肉 二人分 ください。

아줌마, 불고기 이 인분 주세요.

あじゅま　　ぷるこぎ　　いーいんぶん　ちゅせよ

◎ 固有數詞（只用在特定的數量詞上） 7
（1〜10）

	日文	韓文	模擬發音	
1	ひとつ	하나	はな	（或한 はん）
2	ふたつ	둘	とぅる	（或두 とぅ）
3	みっつ	셋	せっ	（或세 せ）
4	よっつ	넷	ねっ	（或네 ね）
5	いつつ	다섯	たそっ	
6	むっつ	여섯	よそっ	
7	ななつ	일곱	いるごぶ	
8	やっつ	여덟	よどる	
9	ここのつ	아홉	あほぷ	
10	とお	열	よる	

（11〜19）

	日文	韓文	模擬發音	
11	×	열 하나	よるはな	（或열 한 よるはん）
12	×	열 둘	よるとぅる	（或열 두 よるとぅ）
13	×	열 셋	よるせっ	（或열 세 よるせ）
14	×	열 넷	よるれっ	（或열 네 よるれー）
15	×	열 다섯	よるたそっ	
16	×	열 여섯	よるりょそっ	
17	×	열 일곱	よりるごぷ	
18	×	열 여덟	よるりょどる	
19	×	열 아홉	よらほぷ	

（20〜90）

20	×	스물	すむる	（或스무 すむ）
30	×	서른	そるん	
40	×	마흔	まふん	
50	×	쉰	しゅいん	
60	×	예순	いぇーすん	
70	×	일흔	いるふん	
80	×	여든	よどぅん	
90	×	아흔	あふん	

◎ 什麼樣的數量單位要使用固有數詞呢？

～個 （東西）	～名 （人）	～本 （書）	～隻、匹、頭 （動物）	～台 （車）
～個 こ	～名 めい	～冊 さつ	～匹、羽、頭 ひき わ とう	～台 たい
개 け	명 みょん	권 くぉん	마리 まり	대 で

～瓶（酒）	～杯 （酒，茶）	～張（紙）	～件、套 （衣服）	～時 （時間）
～瓶 びん	～杯 はい／ぱい／ばい	～枚 まい	～着 ちゃく	～時 じ
병 ぴょん	잔 じゃん	장 ちゃん	벌 ぽる	시 し

～封（信）	～朵（花）	～棟 （房子）	～歲 （年齡）	～月
～通 つう	～輪 りん	～棟／軒 むね けん	～歲 さい	～月 つき
통 とん	송이 そんい	채 ちぇ	살 さる	달 たる

特別注意：

一個月 ＝ 1 個月	二十歲 ＝ 20歲
ひと月 ＝ 1ヵ月 げつ	はたち ＝ 20歲 にじゅうさい
한달 ＝ 일개월 はんだる　いるげうぉる	스무살 ＝ 이십세 すむさる　いしぷせ

以上意思是相同的，但由於單位詞的不同，所使用的數字念
法也就不同，如果怕搞混，可以選一個自己覺得比較好記的
來使用就好了。

1. 昨天買了一套西裝。

昨日 スーツ（を） 一着 買いました。
きのう　　　　　　　いっちゃく　　か

에제 양복 한 벌 샀어요.
おじぇ　やんぼぐ　はんぼる　さっそよ

2. 有兩隻老虎。

トラ（が） 2匹 います。
　　　　　　にひき

호랑이 두 마리 있어요.
ほらんい　とうまり　いっそよ

3. 喝了三杯酒。

お酒（を） 3杯 飲みました。
さけ　　　さんばい　の

술 세 잔 마셨어요.
する　せじゃん　ましょっそよ

4. 寄了一封信給朋友。

友達　　　に　　　手紙を　1 通　出しました。
とも だち　　　　　　 て がみ　　いっ つう　だ

친구　　　에게　　편지　　한 통　보냈어요.

ちんぐ　　　えげ　　ぴょんじ　はんとん　ぽねっそよ

に＝에게的文法點請參考第一章。

固有數詞只能用在99以下的範圍內，100以上
則使用漢數詞。

舉例說明：

△　「四十七」名學生

「四十七」　名　の　学生
よんじゅうしち　めい　　 がくせい

「마흔 일곱」명　의　학생
まふん いるごぷ　みょん え　はくせん

△　「一千七百三十八」名學生

「千七百三十八」　名　の　学生
せんななひゃくさんじゅうはち　めい　　の　 がくせい

「천칠백삼십팔」　명　의　학생
ちょんちるべくさむしっぱる　みょん え　はくせん

1，2，3，4怎麼說？

～是什麼？

☐	が	何^{なん}	ですか？
☐	이／가	뭐	에요？
	い／が	むぉ	えよ

- 何^{なん}（疑問詞「什麼」）：뭐
- 再複習一次！
  「が=이／가」，但必須看它前面的主詞字尾有沒有「收尾子音」，有的話用이，沒有的話用가
- です（か）=에요或이에요
  이必須要看前面所接的名詞是否有收尾子音，有收尾子音的要加上이，即「이에요」，沒有的話「에요」就可以了。另外疑問句只要加個「？」就行了，並沒有類似「か」的語尾疑問詞。

活用例句　 9

1. A: 你叫什麼名字？

   名前^{な まえ} は 何^{なん} ですか？

   이름 이 뭐 에요？
   いるみ　　むぉ えよ

   問韓國人名字的時候，有分一般用語與尊敬用語。在這裡的이름
   이 뭐에요？是一般用語，如同中文的「你叫做什麼名字？」，
   而성함이 어떻게 됩니까？則是如同中文的「請問尊姓大
   名？」比較尊敬禮貌的用語。

B： 我叫做鄭宜熏。

私 は 鄭宜熏 です。
わたし

저 는 정 의훈 이에요.
ちょ ぬん　ちょんういふん　いえよ

> 鄭宜熏的「熏（훈）」有收
> 尾子音「ㄴ」，所以要加個
> 「이」，若你的名字沒有收
> 尾子音就不用了喔。

用自己的名字替換看看吧！

2. A： 你的職業是什麼？

職業 は 何 です か？
しょくぎょう　　なん

직업 이 뭐 에요？
ちごび　　むぉ　えよ

B： 我是學生。

私 は 学生 です。
わたし　　がくせい

저 는 학생 이에요.
ちょ ぬん　はくせん　い　えよ

> 這裡也是一樣的喔，看你的職業名稱字尾有沒有「收尾子音」來
> 決定是否需要이，不過下面替換的單字已經幫你標注好了，直接
> 代換進去就可以，不用再傷腦筋去查它有沒有收尾子音囉！

學生 がくせい 学生 학생이 はくせんい	教師 きょうし 教師 교사 きょさ	醫生 いしゃ 医者 의사 ういさ	護士 かんごふ 看護婦 간호사 かのさ
上班族 かいしゃいん 会社員 회사원이 ふぇーさうぉんい	公務員 こうむいん 公務員 공무원이 こんむうぉんい	自由業 じえいぎょう 自営業 자영업이 ちゃよんおび	設計師 デザイナー 디자이너 でいざいの
家庭主婦 しゅふ 主婦 주부 ちゅぶ	工程師 エンジニア 엔지니어 えんじにお	無業 むしょく 無職 무직이 むちぎ	美容師 びょうし 美容師 미용사 みよんさ

3. A： 你是什麼星座的？　🔘 10

星座(せいざ)　は　何(なん)　ですか？

별자리　가　뭐　에요？
びょるちゃり　が　むぉ　えよ

B： 我是魔羯座。

私(わたし)　は　やぎ座(ざ)　です。

저　는　염소자리　에요.
ちょ　ぬん　よんそちゃり　えよ

56

魔羯座 やぎ座 염소자리 よんそちゃり （12.22 -1.20）	水瓶座 みずがめ座 물병자리 むるびょんちゃり （1.21-2.18）	雙魚座 うお座 물고기자리 むるこぎちゃり （2.19-3.20）
牡羊座 おひつじ座 양자리 やんちゃり （3.21-4.20）	金牛座 おうし座 황소자리 ふぁんそちゃり （4.21-5.20）	雙子座 ふたご座 쌍둥이자리 さんどんいちゃり （5.21-6.21）
巨蟹座 かに座 게자리 けちゃり （6.22-7.22）	獅子座 しし座 사자자리 さじゃちゃり （7.23-8.22）	處女座 おとめ座 처녀자리 ちょにょちゃり （8.23-9.22）
天秤座 てんびん座 천칭자리 ちょんちんちゃり （9.23-10.21）	天蠍座 さそり座 전갈자리 ちょんかるちゃり （10.22-11.21）	射手座 いて座 사수자리 さすちゃり （11.22-12.21）

星座雖然在台灣很流行，但其實韓國人似乎沒有像台灣人對星座那麼熱絡。

4. A：你是什麼生肖？ 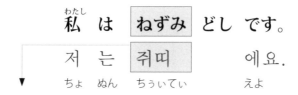 11

干支（えと）　は　何（なん）　ですか？
띠　　가　뭐　에요？
てぃ　　が　むぉ　えよ

B：我是屬鼠。

私（わたし）　は　ねずみ　どし　です。
저　는　쥐띠　　에요.
ちょ　ぬん　ちぅいてぃ　　えよ

鼠	牛	虎
ねずみ	うし	とら
쥐띠	소띠	호랑이띠
ちぅいてぃ	そてぃ	ほらんいてぃ

兔	龍	蛇
うさぎ	たつ	へび
토끼띠	용띠	뱀띠
とっきてぃ	よんいてぃ	ぺむてぃ

띠是「生肖」的意思，所以把這個字
拿掉，就是各種動物的說法了。

馬	羊	猴
うま	ひつじ	さる
말띠 まるてい	양띠 やんてい	원숭이띠 うぉんすんいてい

雞	狗	豬
とり	いぬ	いのしし
닭띠 たくてい	개띠 けてい	돼지띠 とうえじてい

5. A： 你是什麼血型？　◉12

血液型（けつえきがた）　は　何（なん）　ですか？

혈액형　이　뭐　에요？
ひょるえっきょん　い　むぉ　えよ

B： 我是A型。

私（わたし）　は　A型（がた）　です。

저　는　A형　이에요.
ちょ　ぬん　えーひょん　いえよ

A型（がた）	B型（がた）	AB型（がた）	O型（がた）
A형 えーひょん	B형 びーひょん	AB형 えーびーひょん	O형 おーひょん

6. A：你的興趣是什麼？ 🎧13

趣味 は 何 ですか？
취미 가 뭐 에요？
ちゅいみ が むぉ えよ

B：我的興趣是聽音樂。

私の趣味 は 音楽 を 聞く こと です。
제 취미는 음악 을 듣는 것이에요.
ちぇ ちゅいみぬん うまくる とうんぬん ごし えよ

聽音樂	喝酒
音楽 を 聞く こと	お酒 を 飲む こと
음악 을 듣는 것이	술 을 마시는 것이
うまくる とうんぬん ごし	するる ましぬん ごし

唱歌	跳舞
歌 を 歌う こと	踊り を 踊る こと
노래 를 부르는 것이	춤 을 추는 것이
のれ るる ぷるぬん ごし	ちゅむる ちゅぬん ごし

照相
<ruby>写真<rt>しゃしん</rt></ruby> を <ruby>撮<rt>と</rt></ruby>る こと
사진 을 찍는 것이
さじんうる　ちっぬん　ごし

畫畫
<ruby>絵<rt></rt></ruby> を <ruby>描<rt>か</rt></ruby>く こと
그림 을 그리는 것이
くりむる　くりぬん　ごし

看電影
<ruby>映画<rt>えいが</rt></ruby> を <ruby>見<rt>み</rt></ruby>る こと
영화 를 보는 것이
よんふぁるる　ぽぬん　ごし

滑雪
スキー を する こと
스키 를 타는 것이
すきるる　たぬん　ごし

讀書
<ruby>本<rt>ほん</rt></ruby> を <ruby>読<rt>よ</rt></ruby>む こと
책 을 읽는 것이
ちぇぐる　いるぐん　ごし

爬山
<ruby>登山<rt>とざん</rt></ruby>
등산이
とうんさんい

旅行
<ruby>旅行<rt>りょこう</rt></ruby>
여행이
よへんい

血拼
ショッピング
쇼핑이
しょっぴんい

運動
<ruby>運動<rt>うんどう</rt></ruby>
운동이
うんどんい

烹飪
<ruby>料理<rt>りょうり</rt></ruby>すること
요리
より

游泳
<ruby>水泳<rt>すいえい</rt></ruby>
수영이
すよんい

7. A: 你是哪一國人呢？ 🎧 14

どこの 国の人 ですか？
くに ひと

어느 나라사람 이 에요？
おぬ ならさらみ （い）えよ

B: 我是台灣人。

私 は 台湾人 です。
わたし たいわん じん

저 는 대만 사람 이에요.
ちょ ぬん てまんさらみ （い）えよ

台灣	日本	韓國	中國
台湾 たいわん	日本 にほん	韓国 かんこく	中国 ちゅうごく
대만 てまん	일본 いるぼん	한국 はんぐく	중국 ちゅんぐく

俄羅斯	澳洲	美國	英國
ロシア	オーストラリア	アメリカ	イギリス
러시아 ろしあ	호주 ほじゅ	미국 みぐく	영국 よんぐく

泰國	德國	法國	印度
タイ	ドイツ	フランス	インド
태국 てぐく	덕일 とぎる	프랑스 ぷらんす	인도 いんどぅ

8. A： 你幾歲？　◉15

何歳（なんさい）　ですか？

몇살　이 에요？

みょっさり　（い）えよ

問韓國人名字的時候，分為「一般用語」與「尊敬用語」，所以這裡的「몇살이에요？」是一般用語，如同中文的「你幾歲？」，而「연세가 어떻게 됩니까？」則是如同中文的「請問貴庚？」比較尊敬禮貌的用語。

B： 我25歲。

私（わたし） は　25（にじゅうご）　歳（さい） です。

저 는　스물 다섯　살 이 에요.

ちょぬん　すむるたそっ　さり　（い）えよ

年紀「〜歲」要放「固有數詞」，還記得嗎？不記得的話，請看第四章複習一下！

9. 我是１９８０年出生的。

私（わたし） は　１９８０年（ねんう）生まれ　です。

저 는　천구백팔십 년생　이 에요.

ちょ ぬん　ちょんくべっぱるしぷにょんせん　いえよ

「〜年」要用漢數詞喔！

六. 踏出國門的第一步

～在哪裡？

	は	どこ	ですか？
	은／는	어디	에요？
	うん／ぬん	おでぃ	えよ

● は＝은／는
　　　　うん／ぬん

第一章我們提過，助詞用은還是는，由它前面的主詞發音來決定，若主詞字尾有收尾音子音的話就用은，沒有的就用는。

● どこ（哪裡）＝어디
　　　　　　　おでぃ

活用例句　　　　　　　　　　🔊16

1. 免稅商店在哪裡？

免税店 めんぜいてん	は	どこ	ですか？
면세점	은	어디	에요？
みょんせちょむ	うん	おでぃ	えよ

以下替換單字，已經依有無「收尾子音」幫各位標好該用哪個助詞了（은／는），所以直接套進去就可以使用。

加上助詞後，助詞常會跟前面單字的字尾發音產生「連音現象」，因此我們用五十音標注發音時，已經將連音變化考慮進去，所以直接套用唸出來的都是最標準的韓文句子了。不過因為這些單字我們可能會常單獨用到，單獨用時就不用考慮到助詞（은／는），也沒有與助詞間的連音問題，因此我們特別將不加助詞的單字再列出來一次，讓讀者可以辨別它們發音的異同，並方便單獨使用。

入境	入境申請書	行李提取處
にゅうこくしんさ 入国審査	にゅうこく 入国カード	ターンテーブル（荷物受け取り）
입국심사는 いぶくっしむさ ぬん	입국카드는 いぶくっかーどぅぬん	수하물 찾는 곳은 すはむる ちゃっぬん ごすん
입국심사 いぶくっしむさ	입국카드 いぶくっかーどぅ	수하물 찾는 곳 すはむる ちゃっぬん ごっ

不加助詞單獨唸

海關	免稅商店	賣場
ぜいかん 税関	めんぜいてん 免税店	ばいてん 売店
세관은 せーぐぁんぬん	면세점은 みょんせちょむん	매점은 めーじょむん
세관 せーぐぁん	면세점 みょんせちょむ	매점 めーじょむ

匯兌處	服務處	化妝室
りょうがえしょ 両替所	あんないしょ 案内所	トイレ
환전소는 ふぁんじょんそぬん	안내소는 あんねーそぬん	화장실은 ふぁじゃんしるん
환전소 ふぁんじょんそ	안내소 あんねーそ	화장실 ふぁじゃんしる

公用電話	警察局	銀行
こうしゅうでんわ 公衆電話	けいさつしょ 警察署	ぎんこう 銀行
공중전화는 こんちゅんちょなぬん	경찰서는 きょんちゃるそぬん	은행은 うねうん
공중전화 こんちゅんちょな	경찰서 きょんちゃるそ	은행 うねん

計程車搭乘站	巴士搭乘站
タクシー乗り場	バス乗り場
택시 승차장 은 てくし すんちゃじゃん うん	버스 정류장 은 ぼす ちょんにゅじゃんうん
택시 승차장 てくし すんちゃじゃん	버스 정류장 ぼす ちょんにゅじゃん

不加助詞單獨唸

66

A在B的～（方向、位置）。

A は　　　B の ☐ に あります。
A 은／는 B ☐ 에 있어요.
　うん／ぬん　　　　　　　え　いっそよ

- （存在） いる・ある ：있다 （動詞原型）
　　　　　　　　　　　　　いった
　　　　　　います・あります ：있어요（禮貌用語）
　　　　　　　　　　　　　いっそよ
- （不存在）いない・ない ：없다 （動詞原型）
　　　　　　　　　　　　　おぶた
　　　　　　いません・ありません：없어요（禮貌用語）
　　　　　　　　　　　　　おぶそよ

}人、動植物、無生命物品皆可用

- （方向、對象的）に／へ＝에（用於人類、動物以外）
　　　　　　　　　　　え

活用例句　　　　　　　　　　　　　🔘 17

1. 化妝室在免稅店的對面。

トイレ は　免税店の　向かい側 に　あります。
　　　　めんぜいてん　む　がわ
화장실 은　면세점　건너편　에　있어요.
ふぁじゃんしるん　みょんせちょむ　こんのぴょね　いっそよ ▼

前面 まえ 前 に 앞에 あっぺ	後面 うし 後ろに 뒤에 とぅいえ	右邊 みぎがわ 右側に 오른쪽에 おるんちょげ	左邊 ひだりがわ 左 側に 왼쪽에 うぇんちょげ	旁邊 そばに 옆에 よっぺ

這裡的「에」就是日文的「に」，加了「에」之後，會跟前面表方向的詞產生「連音現象」，注意看看每個「에」的發音是不是都不太一樣，前面是「p」的就變「페」，前面是「n」的就變「네」。

下面 した 下に 아래에 あれえ	上面 うえ 上に 위에 ういえ

外面 そと 外に 밖에 ぱっけ	裡面 なか 中に 안에 あね	對面 む がわ 向かい側に 건너편에 こんのぴょね

💛 其他重要單字　🔘18

機場稅 くうこう し ようりょう 空港使用料 공항이용료 こんはんいよんにょ	護照 パスポート 여권 よっくぉん		簽證 ビザ 비자 びじゃ

身分證 み ぶんしょうめいしょ 身分証明書 신분증 しんぶんちゅん	商務 ビジネス 비지니스 びじにす	觀光 かんこう 観光 관광 くわんぐぁん	留學 りゅうがく 留学 유학 ゆはく

請給我～（食物、餐點等名稱）。

	を	ください。
	를／을	주세요.
	るる／うる	ちゅせよ

前面插入食物名
稱、餐具……等等

を ＝ 를／을
　　　 るる／うる

同前第一章所說，要使用「를」還是「을」，
必須看它前面的詞，字尾若有「收尾子音」者用
「을」，沒收尾音者用「를」。

活用例句 19

請給我泡菜鍋。

キムチチゲ	を	ください。
김치찌개	를	주세요.
きむちちげ	るる	ちゅせよ

我不吃～。

私 は ⬜ を 食べません。
わたし た

저 는 ⬜ 을/를 먹지않아요.
ちょ ぬん うる/るる もくちあなよ

活用例句

我不吃泡菜。

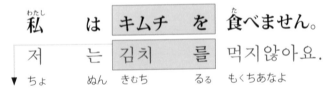

私 は キムチ を 食べません。
わたし た

저 는 김치 를 먹지않아요.
ちょ ぬん きむち るる もくちあなよ

下面的韓國料理通通可以套進這兩句用喔！
注意助詞（를／을）已經幫大家標注在單字後
面了，只要直接套用就可以囉。

韓國料理（한국요리）
はんぐくより

泡菜	蘿蔔塊	小菜
キムチ	カクテギ	おかず
김치를	깍두기를	반찬을
きむちるる	かくとぅぎるる	ぱんちゃんうる

在韓國，小菜可是免費無限量供應的唷！

■ ～鍋類（～찌개）
ちげ

泡菜鍋	韓式味噌鍋	豆腐鍋
キムチチゲ	味噌チゲ	豆腐チゲ
김치찌개를	된장찌개를	순두부찌개를
きむちちげるる	とぇんじゃんちげるる	すんどぅぶちげるる

■ ～湯類（～탕、～국）
たん　　　くっ

蔘雞湯	牛雜碎湯（雪濃湯）	排骨湯
サムゲタン	牛肉のスープ	カルビスープ
삼계탕을	설렁탕을	갈비탕을
さむげたんうる	そるろんたんうる	かるびたんうる

辣魚湯	海鮮湯	年糕湯
魚の辛いスープ	海鮮スープ	トックク
매운탕을	해물탕을	떡국을
めうんたんうる	へーむるたんうる	とっくぐる

■ ～飯類（～拌飯～비빔밥、～蓋飯～덮밥、

びびむぱぶ　　　　　　　　　　　　　とっぱぶ

～炒飯～볶은밥） 🔊20

ぽっくんぱぶ

拌飯	石鍋拌飯	烤肉蓋飯
ビビンバ	石焼ビビンバ	焼肉丼
	いしやき	やきにくどんぶり
비빔밥을	돌솥비빔밥을	불고기덮밥을
びびむぱぶる	とるそっぴびむぱぶる	ぷるこぎとっぱぶる

章魚蓋飯	泡菜炒飯	蔬菜炒飯
たこの丼	キムチチャーハン	野菜チャーハン
どんぶり		やさい
낙지덮밥을	김치볶음밥을	야채볶음밥을
なくちとっぱぶる	きむちぽっくむぱぶる	やちぇぽっくむぱぶる

白飯
ご飯
はん
공기밥을
こんぎぱぶる

■ 麵類（면）
みょん

水冷麵	拌冷麵	細麵
冷麵 れいめん	ビビン冷麵 れいめん	煮込みうどん にこ
물냉면을 むるねんみょんうる	비빔냉면을 びびむねんみょんうるる	칼국수를 かるくくするる

拉麵	
ラーメン	韓國的拉麵跟我們所想的日本拉麵是不一樣的，韓國所謂的拉麵，其實就是一種叫做辛拉麵的泡麵，只不過在韓國餐廳所賣的拉麵都是用煮的，有時也會加入一些配菜，如：蛋、蔥、豆芽菜……等等。
라면을 らーみょんうる	

■ ～煎餅（～전）
じょん

泡菜煎餅	海鮮煎餅	蔥煎餅
キムチのチヂミ	海鮮チヂミ かいせん	ネギのチヂミ
김치전 을 きむちじょんうる	해물파전 을 へむるぱじょんうる	파전 을 ぱじょんうる

豆腐煎餅		
豆腐入りチヂミ とうふ い		
두부전 을 とうぶじょんうる		

■ 肉類（고기）
こぎ

烤肉	烤牛小排	烤豬肉
プルコギ	カルビクイ	豚カルビ ぶた
불고기를 ぷるこぎるる	갈비구이를 かるびくいるる	돼지갈비를 とえじかるびるる

烤雞排	里肌肉	烤五花肉
タッカルビ	牛ヒレ・ロース ぎゅう	サムギョプサル
닭갈비를 たっかるびるる	등심을 どぅんしむる	삼겹살을 さむきょぷさるうる

拌生牛肉	牛肉	豬肉
ユッケ	牛肉 ぎゅうにく	豚肉 ぶたにく
육회을 ゆっけうる	소고기를 そこぎるる	돼지고기를 とえじこぎるる

雞肉	羊肉
鶏肉 とりにく	羊肉 ひつじにく
닭고기를 たっこぎるる	양고기를 やんこぎるる

■ 佐料（양념）　🔊 21
やんにょん

白菜	芝麻葉	鹽
チシャ	エゴマの葉 は	塩 しお
상추를 さんちゅるる	깻잎을 けんにぶる	소금을 そぐむる

大蒜	黃醬（韓式味噌）	芝麻油
にんにく	みそ	ごま油 あぶら
마늘을 まぬるる	된장을 とえんじゃんうる	참기름을 ちゃむきるむる

■〜壽司（〜김밥）
きむぱぷ

泡菜壽司	蔬菜壽司	鮪魚壽司
キムチ海苔巻 のりまき	野菜海苔巻 やさい のりまき	ツナ海苔巻 のりまき
김치김밥을 きむちきむぱぶる	야채김밥을 やちえきむぱぶる	참치김밥을 ちゃむちきむぱぶる

■〜餃（〜만두）
まんどぅ

湯餃	烤餃子	蒸餃
水餃子 すいぎょうざ	焼き餃子 や ぎょうざ	蒸し餃子 む ぎょうざ
물만두를 むるまんどぅるる	군만두를 くんまんどぅるる	찐만두를 ちんまんどぅるる

■ 路邊攤（포장마차）
ぽじゃんまちゃ

辣炒年糕	辣炒年糕拉麵	黑大腸
とっぽっぎ	らぽっぎ	豚の腸詰
떡볶이를	라볶이를	순대를
とっぽっぎるる	らぽっぎるる	すんでるる

韓式甜不辣	紅豆餅	雞蛋餅
おでん	たい焼き	カスタード焼き
오뎅을	붕어빵을	계란빵을
おでんうる	ぶんおぱんうる	けらんぱんうる

糖餅	蛹
ホット	蛹のおやつ
호떡을	번데기를
ほっとっぐる	ぼんてぎるる

剛去韓國時在路邊看到歐吉桑、歐巴桑賣這個東西的時候，真讓我嚇了一大跳！竟然是……蛹！說實在話我不敢吃，但是對韓國人來說這可是令他們愛不釋手的點心呢！或許是因為蛹裡面含有豐富的蛋白質，所以他們的皮膚都白泡泡、幼綿綿吧。愛美的女生到韓國時可以吃看看唷！

烤魷魚	雞肉串
スルメ	焼き鳥
마른오징어를	닭꼬치를
まるんおじんおるる	たっこちるる

■ 餐具（식구）
しっぐ

22

筷子 はし 젓가락을 ちょっからぐる	湯匙 スプーン 숟가락을 すっからぐる	盤子 皿 さら 접시를 ちょぷしるる
碗 お碗 わん 그릇을 くるっする	杯子 コップ 컵을 こぷる	叉子 フォーク 포크를 ぽくるる
刀子 ナイフ 나이프를 ないぷるる	開罐器 缶切り かんき 오프너를 おぶのるる	

肚子餓了

■ 飲料（음료수）
うむにょす

咖啡 コーヒー 커피를 こぴるる	冰咖啡 アイスコーヒー 아이스 커피를 あいす　こぴるる	紅茶 紅茶 こうちゃ 홍차를 ほんちゃるる

冰紅茶	可可亞	果汁
アイスティー	ココア	ジュース
아이스 티를	코코아를	주스를
あいすてぃるる	ここあるる	じゅするる

柳丁汁		蘋果汁
オレンジジュース		アップルジュース
오렌지주수를		사과주수를
おれんじじゅするる		さぐぁじゅするる

可樂	汽水	牛奶
コーラー	サイダー	牛乳
		ぎゅうにゅう
콜라를	사이다를	우유를
こるらるる	さいだるる	うゆるる

冰淇淋
アイスクリーム
아이스크림을
あいすくりむる

■ ～茶（～차）
　　　　ちゃ

人蔘茶	柚子茶	紅棗茶
こうらい にんじんちゃ	ちゃ	ちゃ
高麗人参茶	ゆず茶	なつめ茶
인삼차를	유자차를	대추차를
いんさむちゃるる	ゆじゃちゃるる	てちゅちゃるる

生薑茶	五味子茶	酒釀
しょうが茶 ちゃ	五味子茶 ごみ しちゃ	シッケ
생강차를 せんがんちゃるる	오미자차를 おみじゃちゃるる	식혜를 しっけるる

■ 酒類（술）
 する

啤酒	生啤酒
ビール	生ビール なま
맥주를 めくちゅるる	생맥주를 せんめくちゅるる

燒酒	威士忌	梅酒
燒 酎 しょうちゅう	ウイスキー	梅酒 うめしゅ
소주를 そじゅるる	위스키를 ういすきーるる	매실주를 めしるじゅるる

葡萄酒
ワイン
포도주를 ぽどじゅるる

跟韓國人喝酒得要懂他們的飲酒文化，由於韓國人是非常尊敬長輩的國家，所以跟長輩或上司喝酒時，要主動幫長輩或上司倒酒；喝酒時要一隻手拿杯子，而另一隻手托住酒杯的底座，然後把頭轉向後方喝酒……這是很重要的禮貌呢。

麥當勞　맥도날드
めっどぅなるどぅ

漢堡	麥香堡	麥香雞
ハンバーガー	ビッグマック	チキンバーガー
햄버거를	빅맥버거를	맥치킨버거를
へんぼごるる	びっめっぼごるる	めっちきんぼごるる

雖然韓國的外國食物或東西都是用外來語來發音的，但是如果你直接用英文說的話，他們常常會聽不懂你說什麼，所以最好能按照韓文的發音去表達會比較好，也就是所謂的Korean English！

吉事漢堡	麥香魚
チーズバーガー	フィレオフィッシュ
치즈버거를	휘시버거를
ちずぼごるる	ふぃしぼごるる

勁辣雞腿堡

스파이스 치킨 버거를
すぱいす ちきん ぼごるる

麥克雞塊 （6塊、9塊、20塊）

マックナゲット(6ピース、9ピース、20ピース)

맥너겟 （6조각、 9조각、 20조각） 을
めっのげっ （よそっちょがく、あほっちょがく、すむるちょがく） うる

套餐

セット

세트를
せっとうるる

快樂兒童餐

ハッピーセット

해피밀을
へぴみるぅる

（香草、草莓、巧克力）奶昔

(バニラ、ストロベリー、チョコレート)シェイク

（바닐라、 딸기、 초코） 쉐이크를
（ばにら、たるぎ、ちょこ） しぇいくるる

薯條

ポテト

후렌치 후라이를
ふれんち ふらいるる

蘋果派

アップルパイ

애플파이를
えぷるぱいるる

蛋捲冰淇淋

ソフトクリーム

아이스크림콘을
あいすくりむこんぅる

聖代

サンデー

선데이 아이스크림을
そんでい あいすくりむぅる

冰炫風

マックフルーリー

맥플러리를
めっぷろりるる

可口可樂

コーラ

콜라를
こるらるる

健怡可口可樂	芬達橘子汽水	雪碧
ダイエットコーラ	ファンタオレンジ	スプライト
다이어트콜라를	환타를	스프라이트를
だいぉとう　こるらるる	ふぁんたるる	すぶらいとうるる

漢堡王	버거킹
	ぼーごーきん

肯德基	KFC
	けいえぶしー

儂特利	롯데리아
	ろってりあ

三　其他用餐常用句　◎24

● 我喜歡喝酒。

私は	お酒が	好きです。
わたし	さけ	す
저는	술을	좋아해요.
ちょぬん	するる	ちょあへよ

● 我不會喝酒。

私は　　お酒が　　飲めません。
わたし　　さけ　　　の

저는　　술을　　못 마셔요.
ちょぬん　するる　もっましょよ

發音注意！

韓文的不喝酒雖然寫作 술을　　못 마셔요.
　　　　　　　　　　するうる　もっましょよ

但發音為 술를　　몽 마셔요.
　　　　　するる　もんましょよ

● 乾杯。

かんぱい。

건배.
こんべ

● 我要外帶。

包んで　　ください。
つつ

포장해　　주세요.
ぽじゃんへ　じゅせよ

● 我要內用。

ここで　　食べます。
　　　　　た

여기서　　먹어요.
よぎそ　　もごよ

不～	太～	有一點～
～ない	～すぎる	すこし～
안～	너무～	조금～
あん	のむ	ちょぐむ

活用例句——用漢數詞來替換看看 🔊25

大家都知道韓國的食物是以「辣」出名的，所以當你和韓國人用餐時，他們常會問你「辣嗎？」那是因為怕外國人不習慣他們的飲食，也算是一種表達親切的意思唷。

1. A：辣嗎？

からいですか？

매워요 ？
めうぉよ

B：不辣。

からくないです。

안 매워요 .
あん めうぉよ

2. 太辣。

とても　からい です。
너무　　　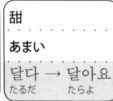．
のむ　　　めうぉよ

3. 有點辣。

すこし　からい です。
조금　　　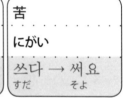．
ちょぐむ　めうぉよ

酸	甜	苦
すっぱい	あまい	にがい
시다 → 셔요	달다 → 달아요	쓰다 → 써요
しだ　　しょよ	たるだ　　たらよ	すだ　　そよ

辣	鹹	淡
からい	しょっぱい	(味が)うすい
맵다 → 매워요	짜다 → 짜요	싱겁다 → 싱거워요
めぷた　　めうぉよ	ちゃだ　　ちゃよ	しんごぷた　　しんごぅぉよ

好吃	不好吃
おいしい	まずい
맛있다 → 맛있어요	맛없다 → 맛없어요
ましった　　ましっそよ	まーどぷた　　まーどぶそよ

其他用餐常用句　🎧26

● 歡迎光臨。
いらっしゃいませ。
어서　오세요.
おそ　おせよ

- -

● （老闆）這裡。
すみません。（ここです）。
여기요.
よぎよ

> 在韓國一般的餐廳裡，如果你想呼叫店員時通常都會用這句。

- -

● 請拿菜單給我看。
メニューを 見せて ください。
매뉴를　　보여　　주세요.
めにゅるる　　ぽよ　　じゅせよ

- -

● 這個　什麼？
これ　　何ですか？
이게　　뭐에요？
いげ　　もえよ

● 請給我這個。

これ　ください。

이것　주세요.

いごっ　ちゅせよ

. . . .

● 請幫我買單。

お勘定　お願いします。
かんじょう　ねが

계산　부탁합니다.

けーさん　ぷたっかむにだ

. . . .

● 多少錢？

いくらですか？

얼마예요？

おるまえよ

. . . .

● 可以抽菸嗎？

たばこ　吸っても　いいですか？
す

담배　피워도　돼요？

たむべ　ぴうぉど　でよ

● 肚子餓了。

おなかが　空_すきました。

배가　　　고파요.

ぺが　　　こっぱよ

● 吃飽了。

おなかが　いっぱいです。

배가　　　불러요.

ぺが　　　ぷるろよ

● 我吃得很好。（韓國人用餐完畢後常會說的一句話）

ごちそうさま。

잘　　먹었습니다.

ちゃる　もごっすむにだ

88

八. **血拼大作戰**

這／那個（商品名）多少錢？

この
その 〔　　　〕は　　　いくら？

이
い
저　〔　　　〕은／는　　얼마에요？
ちょ　　　　　　うん／ぬん　　おるまえよ

韓文的은或는等於是日文的「は」，不過需
要視前面的單字的字尾有無收尾子音來決定
用哪一個。
いくら（多少錢）：얼마
この（這個）：이
その（那個）：저

活用例句 🔊27

這件T恤多少錢？

この　〔 Tシャツ は 〕　いくらですか？
이　　〔 티셔츠 는 〕　얼마에요？
い　　てぃーしゃつ ぬん　おるまえよ

血拼大作戰

會日語就會韓語　89

● 은／는：は
うん／ぬん

第一章我們提過，助詞用은還是는，由它前面的主詞來決定，若主詞字尾有收尾子音的話就用은，沒有的就用는，下面各項商品都已經幫大家標注好了，所以直接套進去用就可以了。

各項商品名稱

T恤 Tシャツ 티셔츠는 てぃーしゃつぬん	大衣 コート 코트는 こーとぅぬん	毛衣 セーター 스웨터는 すうぇーとぬん	

夾克 ジャケット 재킷은 じぇきっすん	裙子 スカート 치마는 ちまぬん	褲子 ズボン 바지는 ぱぢぬん	牛仔褲 ジーンズ 청바지는 ちょんぱぢぬん

西裝 スーツ(背広) 양복은 やんぼぐん	洋裝 ワンピース 원피스는 うぉんぴすぬん	套裝 ツーピース 투피스는 とぅぴすぬん

童裝 子供服 아동복은 あどんぼぐん	內衣 下着 속옷은 そごっすん	內褲 パンツ 팬티는 ぺんてぃーぬん	泳衣 水着 수영복은 すよんぼぐん

90

鞋子	皮鞋	涼鞋	靴子
靴 くつ	靴 くつ	サンダル	ブーツ
신발은 しんばるん	구두는 くどぅぬん	샌들은 せんだるん	부츠는 ぶつぬん

絲襪	襪子	帽子	皮帶
ストッキング	靴下 くつした	ぼうし	ベルト
스타킹은 すたきんうん	양말은 やんまるん	모자는 もじゃぬん	벨트는 べるとぅぬん

領帶	手提袋	錢包	雨傘
ネクタイ	ハンドバッグ	財布 さいふ	雨傘 あまがさ
넥타이는 ねくたいぬん	핸드백은 へんどぅべぐん	지갑은 ちがぷん	우산은 うさんうん

圍巾	太陽眼鏡	耳環	項鍊
マフラー	サングラス	イヤリング	ネックレス
목도리는 もくとりぬん	선글라스는 そんぐろすぬん	귀걸이는 くいごりぬん	목걸이는 もくこりぬん

手環	戒指	胸針	髮夾
ブレスレット	指輪 ゆびわ	ブローチ	髪留め かみ ど
팔찌는 ぱるちぬん	반지는 ぱんじぬん	브로치는 ぷぅろちぬん	머리핀은 もりぴんうん

■ 化妝品（화장품） 🔊 28
ふぁじゃんぷむ

卸妝乳 クレンジング 클렌징 크림은 くれんじんくりむうん	眼唇卸妝油 アイメイクリムーバー 립엔아이　메이컵　리무버는 りぷえんあい　めいこっぷ　りむーぼーぬん	

化妝水 けしょうすい 化粧水 스킨은 すきんぬん	乳液 にゅうえき 乳液 크림은 くりむん	精華液 びようえき 美容液 에센스는 えせんすぬん

眼霜 アイクリーム 아이크림은 あいくりむん	面膜 パック 팩은 ぺっぐん	隔離霜 メイクアップベース(下地) したじ 메이컵베이스는 めいこっぷべいすぬん

粉底液 リキッドファンデーション 파운데이션은 ぱうんでぃしょんぬん	粉餅 パウダーファンデーション 트윈케익은 とぅういんけいくん	

口紅 くちべに 口紅 립스틱은 りぷすてぃっぐん	唇筆 リップライナー 립라이너는 りぷらいのーぬん	眉筆 アイブロウ 눈썹펜슬은 ぬんそぷぺんするん

眼線筆	眼線液
アイラインペンシル	リキッドアイライナー
펜슬 아이라이너는	리퀴드 아이라이너는
ぺんするあいらいのーぬん	りくいっどぅあいらいのーぬん

睫毛膏	眼影
マスカラ	アイシャドー
마스카라는	아이샤도우는
ますからぬん	あいしゃどうぬん

指甲油	香水
マニキュア	こうすい 香水
메니큐어는	향수는
めにきゅおぬん	ひゃんすぬん

■ 韓國特産

人蔘	泡菜	海苔
ちょうせんにんじん 朝鮮人参	キムチ	のり
인삼은	김치는	김은
いんさむん	きむちぬん	きむん

韓服
かんこくふく 韓国服(チョゴリ)
한복은
はんぼぐん

有～嗎？

	は	ありますか？
	은／는	있어요？
	うん／ぬん	いっそよ

再複習一下文法要點吧

- は＝은／는
  うん／ぬん

- （存在） いる・ある ：있다 （動詞原型）
  いった

  います・あります ：있어요（禮貌用語）
  いっそよ

- （不存在）いない・ない ：없다 （動詞原型）
  おぶた

  いません・ありません ：없어요（禮貌用語）
  おぶそよ

人、動植物、無生命物品皆可用

活用例句 29

有紅色的嗎？

赤_{あか}	は	ありますか？
빨간색은		있어요？
ぱるがんせぐん		いっそよ

■ 顔色（색깔）

紅色 あか 赤	黃色 き 黃	藍色 あお 青	黑色 くろ 黒
빨간색은 ぱるがんせぐん	노란색은 のーらんせぐん	파란색은 ぱらんせぐん	감은색은 こむんせぐん

白色 しろ 白	粉紅色 ピンク	綠色 みどり 緑	褐色 ちゃいろ 茶色
하양색은 はやんせぐん	분홍색은 ぶのんせぐん	녹색은 のくせぐん	갈색은 かるせぐん

金色 きんいろ 金色	銀色 ぎんいろ 銀色	紫色 むらさき 紫	灰色 はいいろ 灰色
금색은 くむせぐん	은색은 うんせぐん	보라색은 ぼらせぐん	회색은 ふぇせぐん

● 有別的顏色嗎？

他の　　色は　　　ありますか？
ほか　　いろ

다른　색깔이　있어요？
たるん　せっかり　いっそよ

● 哪個顏色適合我？

何色が　　　　私に　　　　似合いますか？
（なにいろが）　（わたしに）　（にあいますか）

어떤　색깔이　저한테　어울려요?
おっとん　せっかり　ちょはんて　おうるりょよ

～好像有點太～。

□ が　　少し　□ ようです。
　　　　（すこし）

□ 이/가　조금　□ （으）ㄴ 것 같아요.
い／が　　ちょぐむ　　（う）ん　ごっかったよ

日文的形容詞可以直接加ようです，不需變化，
但韓文形容詞的語尾（다）必須變化才能加：

| 日文形容詞 ＋ようです＝ 韓文形容詞語尾變化（으）ㄴ 것 같아요 |

（으）ㄴ的部分意思是：으或ㄴ要視前面形容詞字尾的發音來組合成連音。
規則是形容詞字尾若「無收尾子音」的就直接加上「ㄴ」當它的收尾子音；
若本身已有「有收尾子音」者就直接多加一個字「은」上去。下面的替換都
已經幫大家變化好了，直接套進去就可以了。

長度好像有點短。

長さ	が	少し	短い	ようです。

길이가	조금	짧은	것 같아요.
きりが	ちょぐむ	ちゃるぶん	ごっ かったよ

長度	腰圍	衣袖	臀圍
長さ	ウエスト	袖	ヒップ
길이가	허리가	소매가	히프가
きりが	ほりが	そめが	ひぷが

大

大きい → 大きいようです

크다 → 큰 것 같아요.
くだ　　くん ごっ がったよ

因為語幹크沒有收尾子音，所以加上一個ㄴ當收尾子音，所以크就變成큰了。

小

小さい → 小さいようです

작다 → 작은 것 같아요.
ちゃくた　　ちゃぐん ごっ がったよ

작已有收尾子音了，所以直接多加一個은字上去就行了。

血拼大作戰

長

長い → 長いようです

길다 → 긴 것 같아요.
きるだ　　 きん　ごっ　がったよ

길다（長）的發音不規則變化請見以下說明。

短

短い → 短いようです

짧다 → 짧은 것 같아요.
ちゃるた　　ちゃるぶん　ごっ　がったよ

形容詞길다（長）與「（으）ㄴ」結合時會出現不規則的變化，舉這邊的例子來說，길다與（으）ㄴ 것 같아요結合時，不是寫成길은 것같아요，而是把ㄹ刪除，直接把ㄴ放在下面變成收尾子音，寫成긴 것같아요即可，再舉個例子來說：
長的裙子（長裙）是寫成긴 치마，而不是寫成길은 치마。

其他購物常用句　◎31

● 多少錢？

いくらですか？

얼마예요？
おるまえよ

. . . .

● 請把那件拿給我看一下。

これを　ちょっと　見せて　下さい。

이것　　좀　　　보여　　주세요.
いごっ　ちょむ　ぽよ　　じゅせよ

● 可以試穿嗎？
試着<ruby>試着<rt>しちゃく</rt></ruby>してもいいですか？

입어　봐도　돼요？（穿衣服時用的）
いぼ　　ばど　　どぅえよ

신어　봐도　돼요？（穿鞋子時用的）
しの　　ばど　　どぅえよ

● 漂亮。
きれいだ。

예뻐요.
いえっぽよ

● 好看。
かっこいい。

멋있어요.
もしっそよ

● 真貴。
高<ruby>高<rt>たか</rt></ruby>いですね。

비싸군요.
ぴっさぐんにょ

血拼大作戰

● 算便宜一點。
少し まけて ください。（少し安くしてください。）

좀　　깎아　　주세요.
ちょむ　かっか　　じゅせよ

. . . .

● 請幫我裝在一起。
一緒に 包んで ください。

같이　　포장해　　주세요.
かっち　　ぽじゃんへ　じゅせよ

. . . .

● 請幫我分開裝。
別々に　　包んで　　ください。

따로따로　포장해　　주세요.
たろたろ　　ぽじゃんへ　じゅせよ

韓國的百貨公司每周一都公休，
平常星期二至星期日的營業時間是
AM：10：30〜PM：7：30

100

九. 韓國的1～12月

韓國的時間快台灣1個小時，跟日本是一樣的。

幾點

~點

~時
_じ

固有數詞	+ 시

시
_し

🎧 32

1點	2點	3點	4點	5點	6點	7點
한시	두시	세시	네시	다섯시	여섯시	일곱시
はんし	とうし	せーし	ねーし	たそっし	よそっし	いるごぶし

8點	9點	10點	11點	12點
여덟시	아홉시	열시	열한시	열두시
よどるし	あほぶし	よるし	よるはんし	よるとうーし

幾分

～分
～分 <small>ふん(ぷん)</small>

固有數詞	+	분

분
ぷん

1分	2分	3分	4分	5分	6分	7分
일분 いるぷん	이분 いーぷん	삼분 さむぷん	사분 さーぷん	오분 おーぷん	육분 ゆくぷん	칠분 ちるぷん

8分	9分	10分	11分	12分	13分	14分
팔분 ぱるぷん	구분 くーぷん	십분 しぷん	십일분 しぴるぷん	십이분 しぴいーぷん	십삼분 しぷさむぷん	십사분 しぷさーぷん

15分	16分	17分	18分	19分	20分	30分
십오분 しぼーぷん	십육분 しむにゅくぷん	십칠분 しぷちるぷん	십팔분 しっぱるぷん	십구분 しぷくぷん	이십분 いーしぷん	삼십분 さむしぷん

40分	50分	60分
사십분 さーしぷん	오십분 おーしぷん	육십분 ゆくしぷん

A： 現在幾點？

<ruby>今<rt>いま</rt></ruby> <ruby>何時<rt>なんじ</rt></ruby> ですか？

지금 몇시 에요？

ちぐむ　　みょっし　　えよ

B： 下午3點45分。

<ruby>午後<rt>ごご</rt></ruby> <ruby>3時<rt>さんじ</rt></ruby> <ruby>45分<rt>よんじゅうごふん</rt></ruby> です。

오후 세 시 사십오 분 이에요.

おふ　　せーし　さーしぼーぶん　いえよ

<ruby>何時<rt>なんじ</rt></ruby>（幾點）：몇시
　　　　　　　　　　みょっし

<ruby>今<rt>いま</rt></ruby>（現在）：지금
　　　　　　　　ちぐむ

<ruby>午前<rt>ごぜん</rt></ruby>	<ruby>午後<rt>ごご</rt></ruby>	凌晨	早上	傍晚	傍晚
午前	<ruby>午後<rt>ごご</rt></ruby>	<ruby>明方<rt>あけがた</rt></ruby>	<ruby>朝<rt>あさ</rt></ruby>	<ruby>夕方<rt>ゆうがた</rt></ruby>	<ruby>夜<rt>よる</rt></ruby>
오전	오후	새벽	아침	저녁	밤
おーじょん	おーふ	せぴょく	あちむ	ちょにょく	ぱむ

月份

～月

～月〈がつ〉

漢數詞	+ 월
	うぉる

1月	2月	3月	4月	5月	6月
いちがつ	にがつ	さんがつ	しがつ	ごがつ	ろくがつ
일월	이월	삼월	사월	오월	유월
いろる	いうぉる	さむうぉる	さーうぉる	おーうぉる	ゆーうぉる

7月	8月	9月	10月	11月	12月
しちがつ	はちがつ	くがつ	じゅうがつ	じゅういちがつ	じゅうにがつ
칠월	팔월	구월	시월	십일월	십이월
ちろる	ぱろる	くーうぉる	しーうぉる	しびろる	しびーうぉる

日期

～日

～日〈にち〉

漢數詞	+ 일
	いる

1日	2日	3日	4日	5日
ついたち	ふつか	みっか	よっか	いつか
일일 이리루	이일 이ー이루	삼일 사미루	사일 사ー이루	오일 오ー이루

6日	7日	8日	9日	10日
むいか	なのか	ようか	ここのか	とおか
육일 유기루	칠일 치리루	팔일 파리루	구일 쿠ー이루	십일 시비루

11日	12日	13日	14日
じゅういちにち	じゅうににち	じゅうさんにち	じゅうよっか
십일일 시비리루	십이일 시비ー루	십삼일 시부사미루	십사일 시부사ー이루

15日	16日	17日	18日
じゅうごにち	じゅうろくにち	じゅうななにち	じゅうはちにち
십오일 시보ー이루	십육일 시무니유기루	십칠일 시부치리루	십팔일 시부파리루

19日	20日	30日
じゅうくにち	はつか	さんじゅうにち
십구일 시부쿠이루	이십일 이ー시비루	삼십일 사무시비루

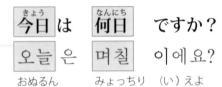

1. A： 今天是幾月幾號？

今日（きょう）は 何日（なんにち） ですか？

오늘 은 며칠 이에요?
　おぬるん　　　みょっちり　（이）에요

　B： 是10月18日。

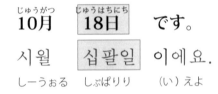

10月（じゅうがつ） 18日（じゅうはちにち） です。

시월 십팔일 이에요.
　しーうぉる　しぷぱりり　（이）에요

前天	昨天	今天	明天	後天
一昨日（おととい）	昨日（きのう）	今日（きょう）	明日（あした）	明後日（あさって）
그저께	어제	오늘	내일	모레
くじょっけ	おじぇ	おぬる	ねいる	もれ

A: 星期幾？ 📻 36

何曜日 _{なんようび}　ですか？

무슨요일　이에요？
むすんよいり　（い）えよ

B: 星期天。

日曜日 _{にちようび}　です。

일요일　이에요.
いりよいり　（い）えよ

星期天	星期一	星期二	星期三
日曜日 にちようび	月曜日 げつようび	火曜日 かようび	水曜日 すいようび
일요일 いりよいる	월요일 うぉりよいる	화요일 ふぁよいる	수요일 すよいる

星期四	星期五	星期六	
木曜日 もくようび	金曜日 きんようび	土曜日 どようび	有沒有發現韓文跟日文發音很像呢！
목요일 もぎょいる	금요일 くみよいる	토요일 とよいる	

💬 相關單字

去年	去年 きょねん	작년	ちゃんにょん
今年	今年 ことし	올해	おるへ
明年	来年 らいねん	내년	ねーにょん

十. 找個落腳處

我正在找～（某地方、某商品）。

	を	探して	います

	을／를	찾고	있어요
	うる／るる	ちゃっこ	いっそよ

- ～고 있어요：「正在～」等於日語中的「～ています
  ～こ　いっそよ　　（動作持續進行）」。

- 찾다：「探す（找）」，다為「語尾」，就如同「探
  ちゃった　す」的「す」一樣，會因後面接持續動作的～
  ています（＝～고 있어요）而產生變化。

例如：

正在吃飯。			
ご飯	を	食べて	います。
밥	을	먹고	있어요.
ぱぶる		もっこいっそよ	

活用例句　　　　　　　　　　(◎)37

我正在找飯店。

ホテル	を	探して	います。
호텔	을	찾고	있어요.
ほてるる		ちゃっこ	いっそよ

飯店	旅館	民宿	下宿房	公寓
ホテル	旅館 りょかん	民宿 みんしゅく	下宿 げしゅく	アパート
호텔을 ほてるる	여관을 よぐあんうる	민박을 みんばぐる	하숙집을 はすくちぶる	아파트를 あぱとうるる

請幫我更換～

	を	替えて か	ください
	을／를 うる／るる	바꿔 ぱっくぉ	주세요 じゅせよ

請借我～

	を	貸して か	ください
	을／를 うる／るる	빌려 ぴりょ	주세요. じゅせよ

- 替える（更換）：바꾸다
  か
- 借りる（借我）：빌리다
  か
- ～を 動詞變化＋てください ＝～을／를 動詞
  變化＋아／어／여 주세요.

日文必須動詞第二變化接てください，韓文動詞也
需要變化，必須看動詞字尾的發音是陽聲還是陰聲
來決定接這三個아／어／여中的哪一個，文法牽
涉較複雜，所以我們先針對下面這兩個動詞來看它
是如何變化。

會日語就會韓語　109

빌리다＋여 주세요 → 빌려 주세요. 貸してください
바꾸다＋어 주세요 → 바꿔 주세요. 替^かえてください

活用例句  38

1. 請幫我換床單。

シーツ	を	替えて	ください。
시트	를	바꿔	주세요
しとぅ	るる	ぱっくぉ	じゅせよ

2. 請借我吹風機。

ドライヤ	を	貸して	ください。
드라이어	를	빌려	주세요.
どぅらいお	るる	ぴりょ	じゅせよ

床單	吹風機	枕頭	棉被
シーツ	ドライヤ	枕^{まくら}	ふとん
시트를	드라이어를	베게를	이불을
しとぅるる	どぅらいおるる	ぺげるる	いぶるぅる

毛巾	熨斗
タオル	アイロン
타월을	다리미를
たぅぉるぅる	たりみるる

～故障了。

	が	故障<ruby>故障<rt>こしょう</rt></ruby>しました。
	이／가	고장났어요.
	い／が	ごじゃんなっそよ

～이／가： ～が

고장났다：故障<ruby>故障<rt>こしょう</rt></ruby>した

（不論日文還是韓文，「故障」一定用過去式，所
以我們這裡直接學習過去式）

活用例句 39

1. 電話故障了。

電話<ruby>電話<rt>でんわ</rt></ruby>	が	故障<ruby>故障<rt>こしょう</rt></ruby>しました。
전화	가	고장났어요.
ちょな	が	こじゃんなっそよ

電話	蓮蓬頭	鑰匙
電話<ruby>電話<rt>でんわ</rt></ruby>	シャワー	鍵<ruby>鍵<rt>かぎ</rt></ruby>
전화가	샤워기가	열쇠가
ちょなが	しゃうぉぎが	よるせが

電梯	空調	化妝室
エレベーター	エアコン	トイレ
엘리베이터가	에어콘이	화장실이
えるれべいとぉが	えおこんい	ふぁじゃんしり

從 日期 到 日期 有 ～房間 嗎？

☐ から ☐ まで ☐ はありますか？

☐ 부터 ☐ 까지 ☐ 있어요？
　　ぷと　　　　かじ　　　　いっそよ

活用例句　　　🔊 40

1. 從4月7日到9日有雙人房嗎？

4月7日 から 9日 まで ダブルルーム はありますか？

4월7일 부터 9일 까지 더블룸　　있어요？
さうぉるちりるぷと　くいるかじ　だぶるるむ　いっそよ　▼

房間	單人房	雙人房
部屋 へや	シングルルーム	ダブルルーム
방	싱글룸	더블룸
ぱん	しんぐるるむ	だぶるるむ

洋式	和式	溫突房
ようしき 洋式	わしき 和式	べや オンドル部屋
침대방 ちんでっぱん	일본식룸 いるぼんしくるむ	온돌방 おんどるぱん

溫突房是韓國一般房子中都有的設施，也算是韓國房子獨特的地方，他們的暖氣是從地板出來的，我想愛看韓劇的人，應該常看到劇中的人物大都是打地鋪睡覺的，那是因為地板會暖暖的，這樣睡覺才不會冷呢！不過千萬別開得太強，我就曾經在寒冷的下雪天中暑過哩！

其他旅館常用句 　41

● 已經預約了。

よやく
予約しました。

예약했습니다.
いぇーやくへっすむにだ

. . . .

● 沒有預約。

よやく
予約していません。

예약　　안 했어요.
いぇーやく　あねっそよ

. . . .

● 我想要check in。

チェックインします。

체크인　하려고　해요.
ちぇっくいん　はりょご　へよ

找個落腳處

● 我想要check out。

チェックアウトします。

체크아웃 하려고 해요.
ちぇっくあうっ　　はりょご　　へよ

. . . .

● 什麼時候要check out？

チェックアウトの　時間は　何時ですか？

체크아웃　　　　시간은 언제에요？
ちぇっくあうっ　　　　しがぬん　おんじぇえよ

. . . .

● 一晚（兩晚、三晚）要多少錢？

一泊（二泊、三泊）いくらですか？

일박（이박, 삼박）에 얼마에요？
いるぱく（いばく、さむぱく）え　　おるまえよ

. . . .

● 我想要住一晚（兩晚、三晚）。

一泊（二泊、三泊）しようと思うのですが。

일박（이박, 삼박）묵고 싶은데요.
いるぱく（いばく、さむぱく）むっこ　　しっぷんでよ

● 這附近有不錯的餐廳嗎？

この近くに いい レストランは ありますか？

이 근처에 좋은 레스토랑이 있어요？

いくんちょえ　　ちょうん　れすとらんい　　　いっそよ

● 8點請給我moring call。

8時に モーニングコールを お願いします。

8시에 모닝콜 좀 부탁합니다.

いるごぷしえ　もにんこる　ちょむ　　　　ぷたかむにだ

● 餐廳在哪裡？

食堂は どこですか？

식당은 어디에요？

しくたんうん　おでいえよ

● 可以用信用卡嗎？

クレジットカードを 使うことができますか？

신용카드를 쓸 수 있어요？

しんよんかどぅるる　　するすいっそよ

找個落腳處

想去～（某個地方）。

	へ 行_いきたいです。
	에 가고 싶어요.
	え　かご　　しっぽよ

- （地點）＋에：接地點的助詞，等於日語中的（地點）＋へ
- 行_いく（去）：가다 。다為語尾，去語尾＋고 싶어요＝想去
  ＝日語V2＋たい

活用例句　　　　　　　　　📀 42

1. 我想去新村。

私_{わたし}　は　　　新村へ　行_いき　たいです。
저　　는　　　신촌에　가고　싶어요.
ちょ　ぬん　　しんちょね かご しっぽよ

KTV	網咖
노래방에	PC 방에
のれぱんえ	ぴーしーぱんえ

餐廳	市場	咖啡廳	銀行
しょくどう 食堂	いちば 市場	きっさてん 喫茶店	ぎんこう 銀行
식당에 しくたんえ	시장에 しじゃんえ	커피숍에 こぴしょべ	은행에 うねんえ

郵局	百貨公司	書局	博物館
ゆうびんきょく 郵便局	デパート	ほんや 本屋	はくぶつかん 博物館
우체국에 うちぇぐげ	백화점에 ぺっくわじょめね	책방에 ちぇくぱんえ	박물관에 ぱんむるくぁね

飯店	便利商店
ホテル	コンビニ
호텔에 ほてるれ	편의점에 ぴょにじょめ

發音注意！
韓文的博物館雖寫做 박물관
ばくむるくゎん

但發音為 방물관
ばんむるくゎん

機場	醫院	市廳	漢城（首爾）火車站
くうこう 空港	びょういん 病院	しちょう 市庁	えき ソウル駅
공항에 こんはんえ	병원에 びょんうぉね	시청에 しちょんえ	서울역에 そうるりょげ

明洞	江南	新村
ミョンドン 明洞	カンナム 江南	シンチョン 新村
명동에 みょんどんえ	강남에 かんなめ	신촌에 しんちょね

我想要坐～（某種交通工具）。

| | に | 乗(の)り | たいんですが… |

| | 을／를 | 타고 | 싶은데요… |
| | うる／るる | たご | しっぷんでよ |

- 這個其實是一種問路的方式喔，當你用疑惑的語氣說「我想坐地下鐵……」的時候，其實就是在問人家「請問要到哪裡坐？」或「請問怎麼坐？」，這樣的問路方式是日韓共通的特性，可以試試看喔！

- 搭、坐、乘～：～을／를 타다（＝～に乗(の)る）
  ～うる／るる　ただ

例如：

搭飛機。

飛行機(ひこうき)	に	乗(の)る。
비행기	를	타다.
ぴへんぎ	るる	ただ

活用例句　　　　　　　　　　🔊43

1. 我想坐地下鐵。

地下鉄(ちかてつ) に	乗(の)りたいんですが…
지하철 을	타고　　싶은데요…
ちはちょ るる	たご　　しっぷんでよ

計程車	巴士	地下鐵	轎車
タクシー	バス	地下鉄 ちかてつ	自動車 じどうしゃ
택시 를 てくし るる	버스 를 ぼす るる	지하철 을 ちはっちょ るる	자동차 를 ちゃどんちゃ るる

火車	飛機	船
電車 でんしゃ	飛行機 ひこうき	船 ふね
기차 를 きちゃ るる	비행기 를 ぴへんぎ るる	배 를 ぺ るる

從（A地）到（B地）搭乘～的話，　　●44
需要花多久時間呢？
要花多少錢呢？

A から B まで ☐ で

時間は
じ かん
料金は
りょ きん
どれくらいかかりますか？

A 에서 B 까지 ☐ 을／를 타면
えそ　　かじ　　　　　　　　うる／るる　　たみょん

시간이　　얼마나　　걸려요？
しがに　　おるまな　　こるりょよ

요금이　　얼마나　　들어요？
よぐみ　　おるまな　　とうろよ

~から~まで（従~到~）：~에서 ~까지（只能用在地點）

どれくらい（疑問詞「多少」）：얼마나
時間（時間）：시간
かかる（時間上的「花費」）：걸리다
料金（金錢）：요금
かかる（金錢上的「花費」）：들다
타면：如果……的話

活用例句　🔊 44

1. 從這裡到明洞搭公車的話，要花多久的時間呢？

ここから　明洞まで　バスで　どれくらい
かかりますか？

여기서 명동까지　버스를　타면　시간이
얼마나걸려요？

よぎそ　　みょんどんかじ　　ぽするる　　たみょん　しがに
おるまな　こるりょよ

- -

♡二 搭乘計程車常用語　🔊 45

● 請問要去哪裡？

どこへ　行きますか？

어디로 가세요？
おでぃろ　かせよ

● 可以稍微開快一點嗎？因為我在趕時間。
少_{すこ}し急_{いそ}いでください。時間_{じかん}がないんです。

좀　　　서둘러　주시면 안　돼요 ?

시간이　모자라서　그래요 .

ちょむ　　　そとぅるろ　　　じゅしみょん　あん でよ ?
しがに　　　もじゃらそ　　　くれよ

. . . .

● 請在這裡停。
ここで　　止_とめて　ください。

여기서　세워　주세요 .

よぎそ　　　せうぉ　　　じゅせよ

. . . .

💙 搭乘公車常用語 　⊚46

● 哪裡有公車站牌？
バス停_{てい}は　　　　　　　どこですか？

버스　　　정류장이　　　어디에요 ?
ぽす　　　ちょんにゅじゃんい　　おでぃえよ

韓國很多公車司機開車都很猛，幾乎是用飆的！所以每次我坐公車
總是戰戰兢兢的，因為怕跌倒丟臉。所以注意形象的讀者們，到韓
國坐公車一定要緊緊抓牢手把唷！

● 請讓我在這裡（下一站）下車。

ここで （次で） 降ろして ください。

여기서 （다음에） 내려 주세요.
よぎそ （たうめ） ねりょ じゅせよ

♡ 搭乘地下鐵常用語 ◎47

● 1號出口在哪裡？

1番 出口は どこですか？

일 번 출구 어디에요？
いるぼん ちゅるぐ おでぃえよ

「～號」出口的數字
要用漢數詞：
1 號：일번
2 號：이번
3 號：삼번
　　（以此類推）
出口：출구
入口：입구

● 賣票處在哪裡？

切符売り場は どこですか？

매표소는 어디에요？
めぴょそぬん おでぃえよ

● 換車的地方在哪裡？

乗り換える場所は どこですか？

갈아타는 곳은 어디에요？
からったぬん ごすん おでぃえよ

● 如果想要去（某地點）的話，要搭哪一線呢？

　　　　へ行くには、どの線に乗ればいいですか？

　　　　에 가려면　어느 선을　타야 돼요？

　　　　え　かりょみょん　おぬ　そんうる　たや　でよ

. . . .

● 請給我地下鐵路線圖。

　　地下鉄の路線図を　　ください。

　　지하철　노선도를　주세요.

　　ちはちょる　のそんどるる　ちゅせよ

. . . .

● 請給我1張票。

　　チケット（票）　1 枚　　ください。

　　표　　　한 장　주세요.

　　ぴょ　　はんじゃん　ちゅせよ

> 車票的「張數」用固有數詞：
> 1 張：한장　　2 張：두장
> 　　　はんじゃん　　とうじゃん
>
> 3 張：세장　　…（以下以此類推）
> 　　せじゃん

● 最後一班地下鐵是幾點？

最終の　地下鉄は　何時ですか？

마지막　지하철은　몇 시에요？

まじまく　　ちはっちょるうん　みょっしえよ

. . . .

● 多少錢？

いくらですか？

얼마예요？

おるまえよ

. . . .

● ☐ 韓元。

　☐ ウォン。

　☐ 원 （「～元」用漢數詞）

　　うぉん

來個七十二變～

我想要做～

私は ▢ したいです。
わたし

저 는 ▢ 하고 싶어요.
ちょ ぬん　　　　　　　　　　はご　　しっぽよ

活用例句　　　　　　　　　48

1. 我想要做整形手術。

私は　整形手術　したいです。
わたし　せいけいしゅじゅつ

저는　성형수술　하고 싶어요.
ちょぬん　そんひょんすする　はご　　しっぽよ

在韓國幾乎每走十步路就能看到一個整形外科的招牌，可見在韓國整型是非常普遍的一件事情。不過整形也要謹慎選擇好的醫生以及了解手術後的後遺症，以免後悔莫及唷！

會日語就會韓語　125

整型手術	雙眼皮手術	隆鼻手術
せいけいしゅじゅつ 整形手術	ふたえ しゅじゅつ 二重手術	りゅうびじゅつ 隆鼻術
성형수술 そんひょんすする	성쌍꺼풀 수술 さんこっぷる　　すする	코를 높이는 수술 ごるる　のっぴぬん すする

隆胸手術	抽脂手術	墊下巴手術
ほうきょうじゅつ 豊胸術	し ぼうきゅういん 脂肪吸引	しゅうせい あご修整
유방확대 수술 ゆばんふぁくですする	지방흡입술 ちばんふっいぷする	턱뼈연장술 とくぴょよんじゃんする

削骨手術	豐唇手術
ほおぼねけいせいじゅつ 頬骨形成術	くちびる　　　　　　しゅじゅつ 唇をふっくらさせる手術
광대뼈축소술 くぁんでぴょちゅくそする	입술확장술 いぷするふぁっじゃんする

我想要試看看～

☐	を	して	みたい です。
☐	을／를	해	보고 싶어요.
	るる／うる	へ	ぽご しっぽよ

～してみる（試試看～）：動詞＋아／어／야 보다

～したいです（想做～）：動詞＋～고 싶어요

所以，～아／어／야 보다 ＋ ～고싶어요
＝～してみたいです

所以，하다 ＋ ～아／어／야 보다 ＋ ～고싶어요 →
체보고 싶어요. ＝～してみたいです

活用例句　🔊49

1. 我想試試看全身按摩。

全身マッサージを　してみたいです。

전신마사지	를	해	보고싶어요.
ちょんしんまさじ	るる	へ	ぽご しっぽよ

汗蒸幕	三溫暖	腳底按摩
はんじゅんまく	サウナ	足ツボマッサージ
한증막을	사우나를	발바닥마사지를
はんじゅんまぐる	さうなるる	ぱるぱだくまさじるる

臉部按摩

フェイスマッサージ

얼굴마사지를
おるぐるまさじるる

全身按摩

全身マッサージ
ぜんしん

전신마사지를
ちょんしんまさじるる

艾草蒸

よもぎ蒸し
む

쑥찜을
すくちむうる

指壓

指圧
しあつ

지압을
ちあぶる

燙睫毛

まつげパーマ

속눈섭 파마를
そっぬんそぷ　ぱまるる

指甲保養

ネイルケア

네일케어를
ねいるけおるる

在韓國的三溫暖裡面會有歐巴桑幫你搓澡（刷汙垢）或者是全身按摩，價位很合理，甚至有許多韓國美眉幾乎每天光顧，這也難怪韓國美眉的皮膚總是吹彈可破得讓人忌妒啊～

身體不舒服

下頁有許多器官，直接套進來使用看看。 50

我（某部位）痛

が 痛い。
いた

이/가　아파요.
이 / 가　あっぱよ

我（某部位）癢

が 痒い。
かゆ

이/가　가려워요.
이 / 가　かりょうぉよ

我（某部位）不好

が 良くない。
よ

이/가　안좋아요.
이 / 가　あんぢょわよ

頭	眼睛	耳朵	鼻子
あたま **頭**	め **目**	みみ **耳**	はな **鼻**
머리가 もりが	눈이 ぬに	귀가 くぃーが	코가 こが

嘴巴	脖子	牙齒	舌頭
くち **口**	くび **首**	は **歯**	した **舌**
입이 いぴ	목이 もぎ	이가 いーが	혀가 ひょが

肩膀	手腕	手	手指頭
かた **肩**	うで **腕**	て **手**	ゆび **指**
어깨가 おっけが	팔이 ぱり	손이 そに	손가락이 そんからぎ

手掌	胸	腰	背
て **手のひら**	むね **胸**	こし **腰**	せなか **背中**
손바닥이 そんぱだぎ	가슴이 かすみ	허리가 ほりが	등이 どぅんい

肚子	臀部		膝蓋
なか **お腹**	**おしり**		ひざ **膝**
배가 ぺーが	엉덩이가 おんどんいが		무릎이 むるぴ

腳 あし 足	腳趾頭 あし ゆび 足の指	腳掌 あし うら 足の裏
발이 ぱり	발가락이 ぱるからぎ	발바닥이 ぱるぱだぎ

心臟 しんぞう 心臟	腎臟 じんぞう 腎臟
심장이 しむじゃんい	신장이 しんじゃんい

肝臟 かんぞう 肝臟	肺 はい 肺	胃 い 胃	腸 ちょう 腸
간장이 かんじゃんい	폐가 ぺーが	위가 ういが	장이 ちゃんい

骨頭 ほね 骨	皮膚 ひふ 皮膚
뼈가 ぴょが	피부가 ぴぶが

● 感冒。

風邪を　　ひきました。
<small>かぜ</small>

감기에　　걸렸어요.
<small>かむぎ　え　　　こるりょっそよ</small>

....

● 發燒。

熱が　　でました。
<small>ねつ</small>

열이　　나요.
<small>より　　なよ</small>

....

● 鼻塞。

鼻が　　詰まります。
<small>はな　　　つ</small>

코가　　막혀요.
<small>こ　が　　まっきょよ</small>

....

● 流鼻水。

鼻水が　　出ます。
<small>はなみず　　　で</small>

콧물이　　나요.
<small>こんむ　り　　なよ</small>

● 咳嗽。
咳をします。
<ruby>咳<rt>せき</rt></ruby>をします。

기침해요.
きちむへよ

. . . .

● 喉嚨痛。
喉が　　痛いです。
<ruby>喉<rt>のど</rt></ruby>が　　<ruby>痛<rt>いた</rt></ruby>いです。

목이　　아파요.
も　ぎ　　あっぱよ

. . . .

● 沒胃口。
食欲が　　　ないです。
<ruby>食欲<rt>しょくよく</rt></ruby>が　　　ないです。

식욕이　　없어요.
しぎょ　ぎ　　おぶそよ

. . . .

● 睡不好。
眠れないです。
<ruby>眠<rt>ねむ</rt></ruby>れないです。

잠을　　못 자요.
ちゃむる　　もっちゃよ

● 拉肚子。

下痢です。
げり

설사를　해요.
そるさるる　へよ

. . . .

● 便秘。

便秘です。
べんぴ

변비가　있어요
びょんぴが　いっそよ

有（～藥）嗎？

　　　が　　ありますか？

　　　이／가　있어요？
　　　い／が　　いっそよ

在「が」的位子上韓文有이與가兩個，何時用이、何時用가，端看前面的東西是「藥」還是「劑」。韓文的藥品名稱裡有「～藥」與「～劑」的說法，比如「頭痛藥」、「止痛劑」，基本上意思沒什麼不同，都是藥品，但後面接的助詞就會因「藥」或「劑」而有所不同，「藥」後面要接이；「劑」後面要接가。

1. **有感冒藥嗎？**

風邪薬（かぜぐすり）	が	ありますか？
감기약	이	있어요？
かむぎやぎ		いっそよ

■ ～藥（～약）
　　～やく

感冒藥	頭痛藥	咳嗽藥	牙痛藥
風邪 薬（かぜぐすり）	頭痛 薬（ずつうぐすり）	咳 薬（せきぐすり）	歯痛 薬（はいたぐすり）
감기약이	두통약이	기침약이	치통약이
かむぎやぎ	どぅとんやぎ	きちむやぎ	ちとんやぎ

暈車藥	腸胃藥	眼藥	消毒藥
車 酔い薬（くるまよぐすり）	胃腸 薬（いちょうぐすり）	目薬（めぐすり）	消毒 薬（しょうどくぐすり）
멀미약이	위장약이	안약이	소독약이
もるみやぎ	ういちゃんやぎ	あんやぎ	そどくやぎ

1. 有止痛劑嗎？

鎮痛劑 ちんつうざい	が	ありますか？
진통제 ちとんじぇ	가 が	있어요？ いっそよ

■ 〜劑（〜제）
　〜じぇ

止痛劑 ちんつうざい 鎮痛劑	退燒劑 げねつざい 解熱劑	睡眠劑 すいみんざい 睡眠劑
진통제가 ちとんじぇが	해열제가 へよるじぇがが	수면제가 すみょんじぇ

💬 其他醫藥用品

ＯＫ繃 ばんそうこう 絆創膏	繃帶 ほうたい 包帶	紗布 ガーゼ	衛生棉 ナプキン
반창고가 ばんちゃんごが	붕대가 ぼんでが	가제가 がじぇが	생리대가 せんりでが

這附近有～嗎？

この 近<ちか>くに ▢ は ありますか？

이 　　근처에 ▢ 이／가 있어요?
い 　　くんちょえ 　　　い／が 　いっそよ

1. 這附近有醫院嗎？

この 近<ちか>くに 病院<びょういん> は ありますか？

이 　근처에 병원 이 있어요?
い 　くんちょえ 　びょんうぉに 　いっそよ

醫院／診所	綜合醫院
病院<びょういん>	総合病院<そうごうびょういん>
병원 이 びょんうぉに	종합병원 이 ちょんはぷびょんうぉに

皮膚科 皮膚科 ひ ふ か 피부과 가 ぴぶくぁ が	牙科 歯科 し か 치과 가 ちくぁが

婦產科 産婦人科 さん ふ じん か 산부인과 가 さんぶいんくぁが	耳鼻喉科 耳鼻咽喉科 じ び いんこう か 이비인후과 가 いびいんふくぁ が	眼科 眼科 がん か 안과 가 あんくぁが

小兒科 小児科 しょうに か 소아과 가 そあくぁ	內科 内科 ない か 내과 가 がねーくぁが	外科 外科 げ か 외과 가 うぇーくぁが

整形外科 整形外科 せいけい げ か 성형외과 가 そんひょんうぇーくぁが	藥局 薬局 やっきょく 약국 이 やっくぎ

在韓國看病和領藥是分開的！要到醫院看醫生
拿到藥方之後，自己再到藥局領藥，不過通常
醫院附近都會設藥局。

138

我喜歡～（某某人）。

私は ___ が 好きです。
<small>わたし</small> <small>す</small>

저는 ___ 을／를 좋아해요.
ちょ ぬん　　　　　うる／るる　ちょあへよ

我討厭～（某某人）。

私は ___ が 嫌いです。
<small>わたし</small> <small>きら</small>

저는 ___ 을／를 싫어해요.
ちょ ぬん　　　　　うる／るる　しろへよ

- 저는：私は
- ～을／를：此時相當於日文的「が」
- 韓文的動詞「＋～아／어／여요」
  就是禮貌用語

例如：

싫어하다（討厭）＋어요→싫어해요
좋아하다（喜歡）＋여요→좋아해요

1. 我喜歡車太賢。

私 は 　チャ・テヒョンが　 好きです。
저 는 　차태현 　　　　　을 좋아해요.
ちょ ぬん 　ちゃてひょん 　　　うる 　ちょあへよ

2. 我討厭車太賢。

私 は 　チャ・テヒョンが　 嫌いです。
저 는 　차태현 　　　　　을 싫어해요.
ちょ ぬん 　ちゃてひょん 　　　うる 　しろへよ

韓國男星

車太賢	裴勇俊	張東健	元斌
차태현을	배용준을	장동건을	원빈을
ちゃてひょんうる	ぺよんじゅんうる	ちゃんどんごんうる	うぉんびんうる

宋承憲	李秉憲	車仁表	安在旭
송승헌을	이병헌을	차인표를	안재욱을
そんすんほんうる	いびょんほんうる	ちゃいんぴょるる	あんじぇうくうる

金載沅	金來元	安七炫	韓在石
김재원을 きむじぇうぉんうる	김래원을 きむれうぉんうる	강타를 かんたるる	한재석을 はんじぇそぐる

朴龍河	池珍熙	權相宇	柳時元
박용하를 ぱくよんはるる	지진희를 ちじんひるる	권상우를 くぉんさんうるる	류시원을 りゅしうぉんうる

金旼鐘	趙仁成	李東健	朴新陽
김민종을 きむみんじょんうる	조인성을 ちょいんそんうる	이동건을 いどんごんうる	박신양을 ぱくしにゃんうる

 韓國女星　 56

金元萱	李英愛	金喜善	全智賢
김완선을 きむわんそんうる	이영애를 いよんえるる	김희선을 きむひそんうる	전지현을 ちょんじひょんうる

河莉秀	崔智友	宋慧喬	張娜拉
하리수를 はりするる	최지우를 ちぇじうるる	송혜교를 そんへぎょるる	장나라를 ちゃんならるる

蔡琳	孫藝珍	寶兒	崔真實
채림을 ちぇりむうる	손예진을 そんえじんうる	보아를 ぼあるる	최진실를 ちぇじんしるるる

「元斌」他是誰？

宋允兒	張瑞姬	金賢珠	河智苑
송윤아를 そんゆなるる	장서희를 ちゃんそふぃるる	김현주를 きむひょんじゅるる	하지원을 はじうぉんるる

姜受延	成宥利	李美延	金晶恩
강수연을 かんすよんうる	성유리를 そんゆりるる	이미연을 いみよんうる	김정은을 きむぢょんうんうる

看過～（韓國的電影／連續劇）嗎？

　　　　を　　　　　見たことが ありますか？

　　　　을／를 본　 적이　 있어요？
　　　～うる／るる　ぽんじょぎ　　いっそよ

動詞＋～（으）ㄴ 적이 있다 ＝～ことが ある
〔有過～（經驗）〕

動詞＋～（으）ㄴ 적이 없다 ＝～ことが ない
〔沒有～（經驗）〕

（關於～（으）ㄴ要如何變化，請見前面第八章）

例如：

보다＋～（으）ㄴ 적이 있다 →본 적이 있다
みる　　　　　　　　～ことが ある　→ 見たことがある

嗯，我看過～這部（電影／連續劇）。

はい、私は □ という □ を 見たことが
あります。

네, 저는 □ (이) 라는 □ 를 본 적이
있어요.

ねえ、　ちょぬん　　～ (い) らぬん　　～るる　　ぽんじょぎ
いっそよ

沒有看過。

いいえ、　見たことが　ありません。

아니오, 본 적이 　 없어요.

あによ　　　　ぽんじょぎ　　　おぶそよ

- 名詞という：名詞+～ (이) 라는
  (い) らぬん

- 韓国：한국
  はんぐく

- はい：네
  ねえ

- いいえ：아니오
  あによ

「元斌」他是誰？

A: 看過韓國的連續劇嗎？

韓国<ruby>かんこく</ruby> ドラマ を 見<ruby>み</ruby>たことが ありますか？

한국 드라마 를 본 적 이 있어요 ?

はんぐ どぅらま るる ぽんじょぎ いっそよ

B: 嗯，我看過巴黎戀人。

はい、私<ruby>わたし</ruby>は パリの恋人<ruby>こいびと</ruby> という
ドラマを 見<ruby>み</ruby>たことが あります。

네, 저는 파리의 연인이 라는
드라마를 본 적이 있어요.

ねぇ ちょぬん ぱりえ よんいんいらぬん
どぅらまるる ぽんじょぎ いっそよ

韓劇（한국드라마）

冬季戀歌（冬<ruby>ふゆ</ruby>のソナタ）	大長今	皇太子的初戀
겨울연가 きょうるよんが	대장금이 てじゃんぐみ	황태자의 첫사랑이 ふぁんてじゃえ ちょっさらんい

巴黎戀人	夏日香氣	藍色生死戀
파리의연인이 ぱりえよんいに	여름향기 よるむひゃんぎ	가을동화 かうるとんふぁ

天國的階梯	ALL IN	火花
천국의 계단이 ちょんぐげ けだに	올인이 おるりに	불꽃이 ぷるっこっち

羅曼史	紅豆女之戀
로망스 ろまんす	내사랑 팥쥐 ねさらん ぱっちゅい

屋塔房小貓	玻璃鞋	美人魚
옥탑방 고양이 おくたっぱん こやんい	유리구두 ゆりくどぅ	러빙 유 ろびん ゆー

情定大飯店	自從認識你	峇里島的日子
호텔리어 ほてるりお	그대를 알고부터 くでるる あるごぶと	발리에서생긴일이 ばるりえそ せんぎんいり

美麗的日子	番茄
아름다운 날들이 あるむだうん なるどぅり	토마토 とまと

開朗少女成功記

명랑소녀 성공기
みょんらんそにょ　そんごんぎ

明成皇后

명성황후
みょんそんふぁんふ

禮物

선물이
そんむり

背叛愛情

인어 아가씨
いんの　あがし

迴轉木馬

회전목마
ふぇじょんもんま

百萬新娘

미스김　10억　만들기
みすきむ　しっぽく　まんどるぎ

商道

상도
さんど

女人天下

여인천하
よいんちょんは

千年之愛

천년지애
ちょんにょんちえ

愛上女主播

이브의 모든 것이
いぶえ　もどうん　ごし

順風婦產科

순풍산부인과
すんぷんさんぶいんぐぁ

新娘十八歲

낭랑　18세
なんらんよるよどるせ

男生女生向前走

뉴논스톱이
にゅのんすとぴ

韓國電影（한국영화） 🔘 58

恐怖片	愛情片	喜劇片	動作片
공포영화 こんぽよんふぁ	멜로영화 めるろよんふぁ	코미디영화 こみでぃよんふぁ	액션영화 えくしょんよんふぁ

鬼變臉	鬼魅	鬼鈴
페이스 ぺいす	장화, 홍련이 ちゃんふぁ、ほんりょに	폰이 ぽんい

靈	筆仙	斷魂梯
령이 りょんい	분신사바 ぷんしんさば	여우계단이 ようけだに

禮物	有你真好
선물이 そんむり	집으로 ちぶろ

來不及對你說my brother	時越愛
우리형이 うりひょんい	시월애 しうぉれ

向左愛、向右愛	我的野蠻女友
연애소설이 よねそそり	엽기적인 그녀 よっきちょぎんくにょ

「元斌」他是誰？

我的野蠻女友2-蠻風再現	我的老婆是老大
내 여자친구를 소개합니다 ね　よじゃちんぐるる　そげはむにだ	조폭　마누라 ちょぽく　まぬら

朋友	JSA共同警戒區	太極旗-生死兄弟
친구 ちんぐ	공동경비구역JSA こんとんきょんびくよく	태극기 휘날리며 てぐっき　ふぃなるりみょ

武士	醜聞
무사 むさ	스캔들 – 조선남녀상열지사 すけんどうる　ちょそんなむにょさんよるじさ

韓文口語的禮貌用語「예요／이에요」（前面的名詞有收尾子音時用「이에요」，沒有收尾子音時用「예요」，不過由於韓國人唸句子時會把「예요」跟「에요」的發音發成一樣的音，太強調「예요」的發音反而會顯得不自然，再加上「예요／이에요」是口語的禮貌用語，並不會出現在報章雜誌等地方上，純粹是對話中才使用的，所以為了讓讀者可以輕鬆地唸出流利的韓文，又不用顧慮何時該用到「예요」或者「이에요」，產生困擾，所以本書將把예요寫成에요，文法則是以（이）에요的形式出現，即前面有收尾子音時用이에요，無收尾子音時則直接把이省略，直接唸에요就可以囉。

例如：

● 我的興趣是～

　제 취미는 ～（이）에요.

> 我的興趣是網拍
> 제 취미는 인터넷 쇼핑몰이에요.
> （有收尾子音，直接把句子套入）
>
> 我的興趣是部落格（blog）管理
> 제 취미는 블로그 관리에요.
> （無收尾子音，直接把이省略即可）

看到上面的例子是不是覺得很簡單、一目了然呢？

以下的文法項目在前面14章中雖沒用到，但也是日、韓文法相似的部分，列舉出來讓大家看看，比較一下。

日文助詞「で（用）」⇒ 로／으로
ろ　　うろ

與第一章的文法相同，前面單字的字尾有收尾子音的用으로，沒有收尾子音的用로。

（這件衣服是用什麼（材質）做的？）

A：この　服は　何で　できていますか？
　　ふく　なん

　　이　　옷은　무엇　으로　만들어요?
　　い　　おすん　むおすろ　　まんどぅろよ

· ·

（是用卡希米亞羊毛做的。）

B：カシミアで　できています。

　　캐시미어로　만들어요.
　　けしみおろ　　まんどぅろよ

· ·

日文助詞「から（從）」⇒ 에서
에서
えそ

（你從哪來的呢？）

A：どこ から 来ましたか？
き

어디 에서 （어디서） 옵니까?
おでぃえそ （おでぃそ） おむにか

> 어디에서 可以縮略為 어디서
> おでぃえそ　　　　　おでぃそ

......

（我從台灣來。）

B：私は 台湾 から 来ました
わたし たいわん き

저는 대만 에서 왔습니다.
ちょぬん てまんえそ わっすむにだ

......

日文助詞「まで（到）」⇒ 까지
까지
かじ

（你要在首爾待到什麼時候？）

A：いつ まで ソウルに いますか？

언제 까지 서을에 있습니까?
おんじぇかじ そうれ いっすむにか

......

（我待到下星期。）

A：来週 まで 　います。
らいしゅう

다음주 까지 　있습니다
たうむちゅかじ　　　いっすむにだ

. . . .

日文助詞「と（和）」⇒ 하고
　　　　　　　　　　　　　はご

（今天你要去哪裡？）

A：今日は 　どこへ 　行きますか？
きょう　　　　　　　　い

오늘은 　어디에 　갑니까?
おぬるん　　おでぃえ　　かむにか

. . . .

（我要去景福宮跟南山公園。）

B：景福宮と 　　南山公園へ 　行きます。
　　　　　　　　　　　　　　　　い

경복궁 하고 　남산공원에 　갑니다.
きょんぼっくんはご　なむさんこんうぉんえ　かむにだ

. . . .

152

日文助詞「も（也）」⇒ 도
ど

（你喜歡什麼樣的電影？）

A：どんな　　映画が　　　好きですか？
えいが　　　　　す

어떤　　　연화를　　　좋아하세요?

おっとん　　　よんふぁるる　　　ちょあはせよ

日文「〜が好きだ」，用「が」不用「を」，而韓文則可用相對於「を」的「를」即「〜를　좋아합니다」或「〜가　좋아합니다」皆可。

- -

（我喜歡韓國電影。）

B：私は　　　韓国映画が　　好きです。
わたし　　かんこくえいが　　　す

저는　　　한국연화가　　　좋아합니다.

ちょぬん　　はんぐんよんふぁが　　ちょあはむにだ

- -

（我也喜歡。）

A：私も　　好きです。
わたし　　　す

저도　　　좋아합니다.

ちょど　　ちょあはむにだ

- -

日文助詞「の（的）」⇒ 의
え

（韓國的人蔘很有名。）

B：韓国の　　高麗人参は　有名です。
かんこく　　こうらいにんじん　　ゆうめい

　　한국의　　인삼은　　　유명합니다.
　　はんぐぇ　　いんさむん　　ゆみょんはむにだ

. . . .

日文助詞「より（比起）」⇒ 보다
ぽだ

（那頂帽子比這頂便宜嗎?）

A：この　帽子より　あの　帽子が　安いですか？
　　　　ぼうし　　　　　ぼうし　　やす

　　이　　모자보다　저　　모자가　싸요?
　　い　　もじゃぽだ　ちょ　もじゃが　さよ

> 注意喔！日文「比較」的「より」與中文用法原本就不同，
> 需要特別學習，而韓文用法與日文是相同的。

. . . .

（比台灣的帽子便宜。）

B：台湾の　帽子よりも　安いです。
　　たいわん　　ぼうし　　　やす

　　대만　　모자보다　　싸요.
　　てまん　もじゃぽだ　　さよ

. . . .

稱呼

你

日語	韓語
あなた・君 a na ta／ki mi	당신 dang sin

我

日語	韓語
私 wa ta shi	저／제 jeo／je

他／她

日語	韓語
彼・彼女 ka re／ka no jo	그 ／ 그녀 geu／geu nyeo

你們

日語（普通／尊敬）	韓語（尊敬）／各位
あなたたち・あなたがた a na ta ta chi ／ a na ta ga ta	여러분 yeo reo bun

我們

日語	韓語
私たち wa ta shi ta chi	우리 u ri

他們／她們

日語	韓語
彼ら・彼女たち ka re ra／ka no jo ta chi	그들 geu deul

～先生／～小姐

日語	韓語
～さん ～sa n	～씨 ～ssi

男孩子

日語	韓語
男の子 o to ko no ko	남자아이 nam ja a i

女孩子

日語	韓語
女の子 o n na no ko	여자아이 yeo ja a i

父親

日語（我的）	韓語
父 chi chi	아빠 a bba

母親

日語（我的）	韓語
母 ha ha	엄마 eom ma

小孩

日語	韓語
子供 ko do mo	아이 a i

兄弟

日語（兄弟姊妹）	韓語
兄弟 kyō da i	형제 hyeong je

姊妹

日語	韓語
姉妹 shi ma i	자매 ja mae

祖父母

日語	韓語
祖父母 so fu bo	조부모 jo bu mo

爺爺

日語	韓語
祖父 so fu	할아버지 ha ra beo ji

奶奶

日語	韓語
祖母 so bo	할머니 hal meo ni

外公

日語	韓語
祖父 so fu	외할아버지 oe ha ra beo ji

外婆

日語	韓語
祖母 so bo	외할머니 oe hal meo ni

家人

日語	韓語
<ruby>家<rt>か</rt></ruby><ruby>族<rt>ぞく</rt></ruby> ka zo ku	가족 ga jok

雙親

日語	韓語
<ruby>両<rt>りょう</rt></ruby><ruby>親<rt>しん</rt></ruby> ryō shi n	부모 bu mo

親戚

日語	韓語
<ruby>親<rt>しん</rt></ruby><ruby>戚<rt>せき</rt></ruby> shi n se ki	친척 chin cheok

年長

日語	韓語
<ruby>年<rt>とし</rt></ruby><ruby>上<rt>うえ</rt></ruby> to shi u e	연상 yeon sang

年幼

日語	韓語
<ruby>年<rt>とし</rt></ruby><ruby>下<rt>した</rt></ruby> to shi shi ta	연하 yeon ha

興趣

上網

日語	韓語
ネットサーフィン ne tto sā fi n	인터넷서핑 in teo net seo ping

看電影

日語	韓語
映画鑑賞 e i ga ka n shō	영화감상 yeong hwa gam sang

旅遊

日語	韓語
旅行 ryo kō	여행 yeo haeng

攝影

日語	韓語
写真を撮る sha shi n o to ru	촬영 chwa ryeong

購物

日語	韓語
買い物 ka i mo no	쇼핑 syo ping

聽音樂

日語	韓語
音楽鑑賞 （おんがくかんしょう） o n ga ku ka n shō	음악감상 eu mak gam sang

看書

日語	韓語
読書 （どくしょ） do ku sho	독서 dok seo

畫畫

日語	韓語
絵を描く （え　か） e o ka ku	그림그리기 geu rim geu ri gi

爬山

日語	韓語
山登り （やまのぼ） ya ma no bo ri	등산 deung san

兜風

日語	韓語
ドライブ do ra i bu	드라이브 deu ra i beu

瑜珈

日語	韓語
ヨガ yo ga	요가 yo ga

慢跑

日語	韓語
ジョギング jo gi n gu	조깅 jo ging

游泳

日語	韓語
水泳（すいえい） su i ē	수영 su yeong

有氧運動

日語	韓語
有酸素運動（ゆうさん そ うんどう） yū sa n so u n dō	유산소운동 yu san so un dong

溜冰

日語	韓語
スケート se kē to	스케이트 seu ke i teu

時間

早上

日語	韓語
朝 あさ a sa	아침 a chim

中午

日語	韓語
昼 ひる hi ru	낮 nat

下午

日語	韓語
午後 ご ご go go	오후 o hu

傍晚

日語	韓語
夕方 ゆうがた yū ga ta	저녁 jeo nyeok

晚上

日語	韓語
夜 よる yo ru	밤 bam

半夜

日語	韓語
夜中 yo na ka	한밤중 han bam jung

昨天

日語	韓語
昨日 ki nō	어제 eo je

今天

日語	韓語
今日 kyō	오늘 o neul

明天

日語	韓語
明日 a shi ta	내일 nae il

後天

日語	韓語
明後日 a sa tte	모레 mo re

上星期

日語	韓語
せんしゅう 先週 se n shū	저번 주 jeo beon ju

這星期

日語	韓語
こんしゅう 今週 ko n shū	이번 주 i beon ju

下星期

日語	韓語
らいしゅう 来週 ra i shū	다음 주 da eum ju

平日

日語	韓語
へいじつ 平日 hē ji tsu	평일 pyeong il

週末

日語	韓語
しゅうまつ 週 末 shū ma tsu	주말 ju mal

假日

日語	韓語
休日 **休日** kyū ji tsu	휴일 hyu il

春

日語	韓語
春 ha ru	봄 bom

夏

日語	韓語
夏 na tsu	여름 yeo reum

秋

日語	韓語
秋 a ki	가을 ga eul

冬

日語	韓語
冬 fu yu	겨울 gyeo ul

半天

日語	韓語
<ruby>半<rt>はん</rt></ruby><ruby>日<rt>にち</rt></ruby> ha n ni chi	한나절 han na jeol

每天

日語	韓語
<ruby>毎<rt>まい</rt></ruby><ruby>日<rt>にち</rt></ruby> ma i ni chi	매일 mae il

每週

日語	韓語
<ruby>毎<rt>まい</rt></ruby><ruby>週<rt>しゅう</rt></ruby> ma i shū	매주 mae ju

半個月

日語	韓語
<ruby>半<rt>はん</rt></ruby><ruby>月<rt>つき</rt></ruby> ha n tsu ki	반달 ban dal

每個月

日語	韓語
<ruby>毎<rt>まい</rt></ruby><ruby>月<rt>つき</rt></ruby> ma i tsu ki	매달 mae dal

半年

日語	韓語
半年(はんとし) ha n to shi	반년 ban nyeon

每年

日語	韓語
每年(まいとし) ma i to shi	매년 mae nyeon

休閒景點

百貨公司

日語	韓語
デパート de pā to	백화점 bae kwa jeom

博物館

日語	韓語
博物館(はくぶつかん) ha ku bu tsu ka n	박물관 bang mul gwan

KTV

日語	韓語
カラオケ ka ra o ke	노래방 no rae bang

網咖

日語	韓語
ネットカフェ ne tto ka fe	PC 방 PC bang

居酒屋

日語	韓語
居酒屋 i za ka ya	술집 sul jip

公園

日語	韓語
公園 kō e n	공원 gong won

樂園

日語	韓語
遊園地 yū e n chi	유원지 yo won ji

美容護膚

日語	韓語
エステ e su te	피부미용실 pi bu mi yong sil

商店街

日語	韓語
しょうてんがい **商店街** shō te n ga i	상점가 sang jeom ga

美術館

日語	韓語
び じゅつかん **美術館** bi ju tsu ka n	미술관 mi sul gwan

 交通工具

機場

日語	韓語
くうこう **空港** kū kō	공항 gong hang

飛機

日語	韓語
ひ こう き **飛行機** hi kō ki	비행기 bi haeng gi

直升機

日語	韓語
ヘリコプター he ri ko pu tā	헬리콥터 hel ri kop teo

機場巴士

日語	韓語
リムジンバス ri mu ji n ba su	공항리무진 gong hang ri mu jin

港口

日語	韓語
港 みなと mi na to	항구 hang gu

遊輪

日語	韓語
フェリー fe rī	페리 pe ri

地鐵

日語	韓語
地下鉄 ち か てつ chi ka te tsu	지하철 ji ha cheol

公車

日語	韓語
バス ba su	버스 beo seu

遊覽車／觀光巴士

日語	韓語
観光バス ka n kō ba su	관광버스 gwan gwang beo seu

計程車

日語	韓語
タクシー ta ku shī	택시 taek si

摩托車

日語	韓語
スクーター su kū tā	스쿠터 seu ku teo

自行車

日語	韓語
自転車 ji te n sha	자전거 ja jeon geo

警車

日語	韓語
パトカー pa to kā	경찰차 gyeong chal cha

救護車

日語	韓語
きゅうきゅうしゃ 救急車 kyū kyū sha	구급차 gu geup cha

消防車

日語	韓語
しょうぼうしゃ 消防車 shō bō sha	소방차 so bang cha

單程票

日語	韓語
かたみちきっぷ 片道切符 ka ta mi chi ki ppu	편도표 pyeon do pyo

來回票

日語	韓語
おうふくきっぷ 往復切符 ō fu ku ki ppu	왕복표 wang bok pyo

路線圖

日語	韓語
ろせんず 路線図 ro se n zu	노선도 no seon do

指一指,
日本韓國就能輕鬆遊

**還不太會講日文、韓文就要自助行?
別緊張,背包客都嘛帶這本去玩!**

こんにちは

안녕하세요

指一指,不會日文
也能easy日本遊

菜菜子、第二外語發展語研中心／著
定價／280元

指一指,不會韓文
也能easy韓國遊

金敏珍、第二外語發展語研中心／著
定價／250元

**使用頻率
最高12句型** ＋ **現學現用
54類單字** ＋ **用手指就OK的
25種會話模式** ＝ **各行各業都推的
最強口袋旅遊工具書!**

隨身攜帶,應急需要,馬上能溝通!千萬別錯過這本方便好查的口袋工具書!

知識工場　采舍國際　www.silkbook.com

國家圖書館出版品預行編目資料

偷吃步，這樣學超快！會日語就會韓語 / 何宣儀、
MAO 著. -- 初版.-- 新北市中和區：知識工場, 2015.09
面；公分・ -- （韓語通；7）
ISBN 978-986-271-630-4（平裝）

1.韓語　　　2.日語　　　3.會話

803.288　　　　　　　　　　　104014444

知識工場・韓語通 07

偷吃步，這樣學超快！
會日語就會韓語

出 版 者／全球華文聯合出版平台・知識工場
作　　者／何宣儀、MAO
出版總監／王寶玲
總 編 輯／歐綾纖

印 行 者／知識工場
文字編輯／蔡靜怡
美術設計／Mary

．．

郵撥帳號／50017206 采舍國際有限公司（郵撥購買，請另付一成郵資）
台灣出版中心／新北市中和區中山路2段366巷10號10樓
電話／（02）2248-7896
傳真／（02）2248-7758
ISBN-13／978-986-271-630-4
出版日期／2024最新版

全球華文市場總代理／采舍國際
地址／新北市中和區中山路2段366巷10號3樓
電話／（02）8245-8786
傳真／（02）8245-8718

．．

港澳地區總經銷／和平圖書
地址／香港柴灣嘉業街12號百樂門大廈17樓
電話／（852）2804-6687
傳真／（852）2804-6409

．．

全系列書系特約展示
新絲路網路書店
地址／新北市中和區中山路2段366巷10號10樓
電話／（02）8245-9896
傳真／（02）8245-8819
網址／www.silkbook.com

本書全程採減碳印製流程並使用優質中性紙（Acid & Alkali Free）最符環保需求。

本書為韓語名師及出版社編輯小組精心編著覆核，如仍有疏漏，請各位先進不吝指正。來函請寄
iris@mail.book4u.com.tw，若經查證無誤，我們將有精美小禮物贈送！